Stéphanie Hochet

Pacifique

Rivages

Retrouvez l'ensemble des parutions
des Éditions Payot et Rivages sur

payot-rivages.fr

« Îles de ce Japon sanctifié !
Que votre esprit Yamato
Soit admiré par les étrangers,
Alors – embaumant l'air illuminé
par le soleil du matin,
Que la fleur de cerisier s'envole,
sauvage et belle ! »

Motoori NORINAGA

« En ce qui concerne la valeur martiale, il est plus méritoire de mourir pour son maître que d'abattre un ennemi. »

Yosho YAMAMOTO,
Hagakure

PREMIÈRE PARTIE

1

Je noue le *hachimaki* aux couleurs de notre Japon éternel autour de mon casque. J'effectue ce geste avec lenteur et solennité, sans pensées, sans émotions. Le froid dans mes veines, le temps s'est arrêté, je suis une fleur de cerisier poussée par le vent.

Ai-je le choix ? Ai-je eu le choix il y a un mois, quand nous avons été réunis par les officiers au petit matin sur la base aéronautique ? Le soleil se levait, rond et rouge, l'image du drapeau impérial. Ils ont annoncé que notre escadrille se portait volontaire pour devenir des Kikusui, des *chrysanthèmes flottants*. C'est le nom poétique donné au sacrifice d'un avion et de son pilote sur un navire ennemi. Pour être plus exact, ils nous ont demandé sans nous demander : « Ceux d'entre vous qui ne veulent pas donner leur vie pour notre grand Empire nippon n'y seront pas forcés, qu'ils lèvent la main, ceux qui ne se sentent pas capables d'accepter cet honneur. Qu'ils lèvent la main maintenant ! »

Nous étions prêts. Personne n'aurait osé refuser la mission, aucun soldat japonais n'arrivera jamais à cette ignominie. Être volontaire est le devoir du combattant. Il n'est pas en son pouvoir d'agir autrement. Et nous n'avions qu'une envie : être à la hauteur. Celui qui aurait levé la main aurait été vu comme un traître.

En réalité, mes camarades et moi étions tétanisés.

À vingt et un ans, j'ai l'honneur d'accepter de mourir pour l'Empire du Grand Japon. Je dissimule le vertige qui me saisit.

Nous sommes le 27 avril 1945, c'est un beau jour de printemps.

Avant nous, d'autres soldats sont partis après avoir été désignés pour des *attaques spéciales*. Ces dernières semaines, nous avons été préparés pour effectuer au mieux notre tâche. Décollage, vol, piqué. L'attente était pire que tout. Parfois, lors des entraînements, je me voyais en train de pulvériser mon *Zero* contre un porte-avions. Vivant dans la tension d'avoir été choisi, angoissé de devoir attendre la date du grand jour. La connaître m'a soulagé. Il y a deux jours, mon capitaine est venu me trouver :

« Soldat Kaneda, êtes-vous prêt pour cette mission ? »

J'ai répondu comme une balle :

« Oui ! Et je souhaite partir le plus tôt possible.
– Vous partez après-demain. »

Quand le capitaine a tourné les talons, j'étais pétrifié mais étrangement calme. Savoir la date de mon départ a agi comme un baume.

Ma mort n'est pas si importante.

J'étais décidé à partir mais les rumeurs qui se sont multipliées ces derniers temps me sont revenues en tête et je me suis mis à douter.

Mon suicide est-il nécessaire pour sauver le pays ? Si c'est le cas, je n'ai plus qu'à me concentrer sur cette attaque spéciale.

Pourtant, une citation me revient en mémoire et me hante, sans que je me souvienne, à cet instant, de quelle bouche elle est sortie : « Il n'y a rien d'honorable à mourir pour une cause perdue. »

Je me tiens droit et fixe l'appareil photo. C'est le dernier cliché. Ma famille le recevra avec le courrier qui l'informera de mon décès.

Je souris, c'est très étonnant de parvenir à sourire, même légèrement, du coin de la bouche, à ce moment, mais j'en suis capable. L'air marin et la lumière du printemps éveillent de doux souvenirs. Mon visage semblera serein, je suis déjà dans l'accomplissement de mon destin.

2

J'ai écrit une lettre à ma mère hier. Je l'ai remerciée pour tout ce qu'elle m'a donné, je lui ai demandé d'embrasser mon petit frère et mon père. Ma grand-mère également. Je dois beaucoup à ma grand-mère. C'est elle qui m'a élevé de mes quatre à mes seize ans. Elle est issue d'une vieille famille de samouraïs dont elle tient sa rigidité. Elle m'a familiarisé très tôt avec le *bushido*. Dans son esprit, rien n'équivaut la beauté et la rigueur de ce code qui exige de ses combattants liés à leur maître *loyauté et honneur jusqu'à la mort*.

Un guerrier samouraï n'hésitera pas à mourir pour défendre l'Empereur. Il ne doutera pas, il donnera sa vie avec légèreté, sourire aux lèvres. C'est ce que répétait ma grand-mère. Elle me disait que le destin d'un samouraï se résumait à manier le sabre long ainsi que le sabre court et à mourir. Aucune phrase n'était plus simple et aucune discipline aussi difficile.

Elle me fit découvrir l'opéra et le théâtre nô dont les personnages sont souvent des combattants valeureux. J'ai adoré le Japon ancestral, ses rites, ses éloges de l'ombre et des beautés zen. Je pleurais dans mon lit en repensant à ces spectacles auxquels j'avais assisté la journée.

Enfant, je résidais dans une maison, seul avec cette vieille dame qui m'a longtemps semblé étrangère. Sa culture et son austérité m'ont formé comme un tuteur redresse un arbrisseau. Je ne vivais pas dans mon époque. Plongé dans l'opéra et ses actes héroïques, je rêvais d'aventures mettant en scène le sacrifice du plus vaillant.

Grand-mère vivait dans un passé lointain mais je ne m'en aperçus que bien plus tard. Elle ne sortait que lorsque cela était nécessaire et me protégeait en me laissant au logis. Elle me percevait comme fragile ou peut-être étais-je trop précieux à ses yeux pour risquer de me blesser en jouant avec d'autres enfants.

À force de solitude, j'ai eu le temps de me composer un masque. J'ai privilégié mon ascendance maternelle au détriment de mes bourgeois d'ancêtres paternels. Conformément aux seuls aïeux dont je me réclamais, le but de ma vie, comme celui des samouraïs, consistait à mourir au combat. Ce sort rapproche les nobles soldats japonais des héros grecs qui ne peuvent obtenir des dieux plus beau cadeau que de trépasser jeunes, au combat.

Je sais que grand-mère sera fière que je donne ma vie pour l'Empire.

3

Après deux ans de formation au Yokaren – une école préparatoire de pilotage pour adolescents –, j'ai été admis au corps de chasse en octobre 1944.

Ces années de formation m'ont révélé à moi-même. Je n'avais jamais vécu dans une communauté et encore moins dans un groupe de jeunes gens de mon âge. Loin de rester timide, j'ai su me faire respecter. Je me voyais toujours comme un samouraï même si j'avais la présence d'esprit de ne pas le révéler aux autres. Je m'imposais en parlant peu mais en soignant mon attitude et en chargeant mon regard d'intentions sombres. Je n'ai jamais été bavard. Je restais aussi très souvent seul. Le sentiment de ma différence, dont j'étais loin de croire qu'elle était une perception de ma supériorité, me rendait presque honteux. Je devais cacher au fond de moi un théâtre intime dont j'étais sûr qu'il serait mal interprété.

Six mois sont un délai trop court pour devenir un pilote de chasse expérimenté, mais la défense de l'Empire n'attend pas. J'allais enfin accomplir mon rêve : piloter au sein de l'armée du Japon. Ma vie allait vraiment commencer. J'avais attendu tout ce temps pour avoir enfin l'occasion de mettre mon existence en danger.

La date de mon entrée au 343 *kōkūtai* de Matsuyama sur l'île de Shikoku me paraît lointaine. La guerre est une histoire pleine de rebondissements à laquelle notre unité a pris part avec fougue. Beaucoup d'entre nous sont partis attaquer les navires américains sans revenir. La mort au combat me paraissait couler de source. Donner sa vie pour son pays était un exploit, une destinée enviable. Un acte de beauté.

Aucune émotion ne surpasse celle de voler, de diriger son appareil au gré de son inspiration, de disparaître dans le songe vaporeux des nuages. Moins je vois la terre, plus je me sens léger.

Durant mon apprentissage et lors de mes premiers combats, j'ai eu l'impression d'être comme déconnecté de mon corps, ce n'était pas moi qui tirais sur les avions ennemis, c'était un autre. Après l'atterrissage, le sol me paraissait irréel, je marchais sans avoir la sensation de marcher, j'étais comme enivré, sonné.

Piloter est la plus forte expérience qu'il m'ait été donné de connaître en vingt et un ans d'existence. Quand je suis dans les airs, aux commandes de mon avion, j'éprouve mes sens. La pression dans le crâne et l'envie de vomir sont des réalités immédiates qui me rendent presque heureux. Durant tant d'années, des songeries poétiques m'avaient rendu irrésistiblement faible et souffreteux. J'avais peur d'incarner le contraire des valeurs viriles, malgré moi.

Peu à peu, en multipliant les vols, j'ai réintégré mon enveloppe corporelle. Je ressentais toujours un malaise lors des vrilles et des piqués mais l'épreuve quotidienne devint presque rassurante.

4

Beaucoup de nos camarades sont déjà partis de notre base, leur esprit vole au vent, ils sont aujourd'hui parmi les ancêtres, auprès des samouraïs du ciel, en compagnie des guerriers des époques anciennes.

Depuis plusieurs jours, aucune attaque spéciale n'est parvenue à couler un porte-avions américain, ce que de grands pilotes avaient réussi à accomplir glorieusement au début de la bataille d'Okinawa. Des bruits courent qu'ils atteignent désormais rarement leur cible. Parfois, ils explosent sans voir de bateaux ennemis, seuls dans la mer. Le moteur défectueux de leur *Zero* lâche ou la DCA américaine pilonne les avions avant qu'ils n'approchent des cibles. Les Américains entourent leurs vaisseaux de cette protection depuis le début des chrysanthèmes flottants, rendant nos actions très difficiles, rarement efficaces.

Et je dois lutter contre le pessimisme qui me ronge, que je cache au fond de moi.

Un compagnon de dortoir avec qui j'ai sympathisé a été désigné pour partir le même jour que moi en mission. Kosugi Yukio et moi avons discuté de ce sujet. Il est exalté. La perspective de mourir ne semble absolument pas l'effrayer. Au contraire, depuis qu'il est soldat, son zèle militaire prend des proportions exacerbées. Il vient d'un milieu pauvre, son père tient une petite boutique d'alimentation dans la ville de Kyoto. Il sait à peine écrire et son vocabulaire est restreint. C'est un excellent camarade, fiable et courageux. Une odeur d'ail se dégage de son haleine quand il parle, enfin quand je dis parler, je devrais dire vociférer.

« Alors, Kaneda, heureux et prêt à partir pour notre grande mission ? me crie-t-il un soir.

– Évidemment !

– Moi aussi, je suis joyeux comme je ne l'ai jamais été. Je vois venir la gloire et l'immortalité. »

Et en effet, son regard n'a jamais autant brillé ; tout son être irradie. Je reste assis sur le lit, sans bouger.

« Tu ne te demandes pas si nous allons gagner la guerre ?

– L'Empire pourrait-il perdre quand tout un pays est prêt à se sacrifier pour qu'il demeure à jamais ?

– Et si notre mort ne servait à rien ? Si rien n'était changé après que nous avions tous donné notre vie ? Les Américains ont fait subir de très grosses pertes à notre armée.

– Tu es défaitiste ! Je ne dirai rien parce que je te connais et que je t'apprécie. Mais tu ne devrais pas dire ça.

– Entends-moi, Kosugi, je donnerai tout pour l'Empereur, sans sourciller, mais je ne peux m'empêcher de m'interroger sur l'efficacité des attaques spéciales. Dois-je mourir si ce n'est pas nécessaire ?

– Tu ne comprends pas qu'on te donne l'occasion de devenir un héros ?! »

Kosugi a enduré l'effroyable dureté de notre formation militaire avec une soumission et une résistance incroyables. « Je ferai un homme de chaque recrue même s'il faut que je la tue », avait annoncé le *honcho*, le sergent recruteur. Quand nous effectuions mal un exercice, quand nous tombions lors d'une course à pied de 15 kilomètres, ou que nous avions la malchance de ne pas répondre aux ordres avec assez d'exactitude, il nous donnait des coups de bâton, parfois certains d'entre nous étaient enfermés dans des cachots pour qu'ils « réfléchissent à leurs actes ». Durant les entraînements, Kosugi n'a jamais émis la moindre plainte. Il s'est endurci au fil des semaines, lui qui n'était déjà pas tendre de nature.

Avant le conflit, il traînait dans les rues de Kyoto sans savoir quoi faire de sa vie, il bricolait de petits objets qu'il cherchait à revendre, fréquentait des hommes douteux aux tatouages fleuris qui lui promettaient une place de choix dans leur clan, de la protection. Puis la guerre a éclaté et Kosugi s'est trouvé un destin. En vérité, Kosugi est un *kichigai*, un fou, il fait partie de ces hommes transformés par les événements, devenus littéralement hallucinés par la perspective de mourir. Notre groupe est pour ainsi dire partagé entre eux et nous autres, les *Sukebei,* qui sommes perçus comme indifférents car nous ne sommes pas des têtes brûlées.

Il est primordial pour notre armée de remporter la bataille d'Okinawa qui est en train de se jouer. Si cette grande île du Japon tombe, c'est Tokyo, et avec elle l'Empire, qui sombre. Tokyo qui a été bombardée dans la nuit du 9 au 10 mars. Des bombes incendiaires au napalm ont causé des centaines de milliers de victimes. On nous a rapporté que la Sumida charriait des cadavres. Les flammes couraient à la surface du fleuve et ceux qui y plongeaient pour s'enfuir brûlaient vifs. D'autres raids aériens ont eu lieu début avril. Le sol japonais inviolé depuis deux mille ans a été profané pour la première fois par les Américains. Comment le supporter ? Le traumatisme est immense pour nous qui n'avons pu empêcher cela. Nous sommes certains que nos ennemis tortureront et tueront les civils s'ils envahissent notre pays. Pourquoi s'en priveraient-ils ? N'est-ce pas à quoi se livre une armée quand elle capture son adversaire ? Nous ne nous attendons pas à être traités avec pitié, et jamais nous ne nous livrerons, il n'y a pas pire humiliation pour un combattant nippon que la reddition. Nos chefs nous ont tous répété cela. Chaque sujet de l'Empire, homme, femme et enfant, préférera le suicide à la capture. Notre ennemi doit être convaincu qu'il aura face à lui un adversaire, que celui-ci soit un soldat, une frêle jeune fille ou un vieillard penché sur sa canne. Nous, soldats de l'Empire, sommes le dernier rempart contre la destruction de notre peuple. C'est à nous, la jeunesse, de sauver l'avenir du Japon. Et si notre sacrifice permet d'épargner la vie des civils, alors oui, j'irai au-devant de la mort, avec sérénité.

5

Le 1er avril 1945, quand l'armée des États-Unis a débarqué à Okinawa, les militaires américains ont été bien surpris. Aucune résistance ne leur était opposée, l'île semblait totalement déserte, ils n'ont pas rencontré âme qui vive. On imagine dans quel état d'angoisse, d'incompréhension, les troupes de Roosevelt ont arpenté les villages, la campagne, les champs totalement vides. La population s'était réfugiée dans des grottes, enterrée, camouflée, et chacun était prêt à mourir plutôt qu'à se laisser prendre. Des bruits ont circulé rapportant que des femmes et des enfants, témoins de l'avancée des troupes, convaincus que les Américains allaient les saisir, s'étaient jetés des falaises. Des mères tenaient leurs nourrissons dans leurs bras et s'élançaient sur les rochers du littoral en criant : « Longue vie à l'Empereur ! »

Ici, le suicide n'est jamais mal perçu, il appartient à la tradition. Les jeunes femmes qui se sont élancées avec leur bébé sont la fleur de l'Empire. Les pétales de sang qu'on a retrouvés sur le rivage de l'île sont un don au mythe de l'ancien Japon, le *Yamato*.

Nous attendions le signal du départ. Quand je dis nous, je pense à la centaine de pilotes des Unités d'attaques spéciales qui ont décollé ce jour. Des escouades flamboyantes se sont abattues sur nos ennemis qui ne s'attendaient pas à des assauts venus du ciel, elles les ont terrorisés. Elles ont fait trembler le monde. Je regardais les escadrons s'envoler, le cœur battant. Bientôt, très vite, ce serait mon tour. La patience fait partie de nos épreuves.

Notre capitaine nous a dit : « Enviez vos camarades à qui il a été donné le plus grand honneur qui soit ! »

Je me trouvais à côté de Kosugi et je pouvais parfaitement imaginer ses émotions. J'entendais sa respiration profonde. Il ne bougeait pas d'un millimètre. Sans me tourner vers lui, je savais que son visage ne laissait rien paraître mais que dans son for intérieur le tumulte se déchaînait. Il avait hâte. Cette vie, il ne l'embrasserait qu'au moment de sa désintégration. Il était tendu vers son objectif. Il enviait les premiers chrysanthèmes flottants. Il devait prier pour être le prochain.

Les 6, 12 et 15 avril, les forces Kikusui sont parties en nombre de notre aérodrome en grandes vagues d'attaque endommageant, coulant cuirassés, porte-avions et destroyers américains. Le spectacle de tant d'appareils conduits par les plus jeunes recrues était beau à couper le souffle. On aurait dit la dernière bataille de l'humanité avant la fin des temps.

Nos armes secrètes ont toujours les noms les plus poétiques. Ainsi, que *kamikaze* signifie « vent divin » a contribué à briser le moral des ennemis. Les Américains ne sont pas prêts à se sacrifier pour leur pays, ils craignent la mort et ne connaissent pas l'honneur de mourir pour un Empire millénaire.

Après les premiers élans de fierté et de satisfaction, une ombre a flotté sur notre armée : tant d'appareils ont été détruits, et tant d'aviateurs ont disparu. Serons-nous assez nombreux pour prendre la relève ? C'est une question que nous n'avons pas le droit de poser mais qui me hante. Combien de fois suis-je réveillé par cette angoisse, la nuit ? En outre, face à nous, il y a ce géant de fer, l'armée américaine qui semble croître chaque jour, nous menace sans cesse davantage alors même qu'on l'ampute de ses vaisseaux, tel un dragon dont la queue repousserait après avoir été arrachée.

Depuis le début du mois, il ne se passe pas un jour ou une nuit sans que deux escadrons de vents divins ne s'élancent de notre aérodrome. Parfois, les vagues d'attaque sont si denses que le ciel paraît envahi par les Mitsubishi et l'on songe à des étourneaux survolant un champ ou à des nénuphars colonisant un étang.

6

On pense que la mort est la fin de tout, mais je sais qu'elle est le retour à une éternelle nature, je dois aller vers elle exempt de toute souillure.

Fleur de cerisier bordée de noir, ma fin glorieuse sera l'accomplissement de ma vie.

Il est fort probable que l'Empereur Hirohito entendra parler de moi. Sa majesté a félicité *post mortem* les premiers vents divins qui ont réussi avec éclat leur mission. En entendant ses mots lus par le capitaine, des centaines de soldats se sont portés volontaires. Un édit impérial a donné aux héros disparus le nom d'*étoiles tombées du ciel.* Cela m'a semblé si beau que j'en ai versé des larmes.

Comme d'autres avant nous, nous avons été formés aux nouvelles techniques d'attaque, celles dont on ne revient pas.

Certains pilotes ont appris à raser les flots pour s'écraser dans le flanc des navires. (Déjouant le contrôle des radars.)

D'autres, auxquels j'appartiens, ont appris à monter jusqu'à 3000 mètres à la quasi-verticale puis à plonger sur 1500 mètres – technique du piqué. (Nous devenons des pierres lancées.)

Nos cibles sont parfaitement identifiées : d'abord les porte-avions, puis les cuirassiers, ensuite les croiseurs. Si nous parvenions à couler l'ensemble des navires, jamais ces derniers ne pourraient envahir notre pays. Sans aviation, nulle conquête n'est possible. Nous sauverions l'Empire.

Nous attaquerons en escadrilles, sur plusieurs côtés. Nous deviendrons un monstre à tentacules, nous pleuvrons telle une averse de fer sur nos ennemis. Conduisant en zigzag, dos au soleil pour gêner la vue des Américains qui lèveront la tête et seront éblouis, cligneront des yeux en tentant de nous viser, verront mal et trop tard. Nous serons la dernière image imprimée sur leur rétine, l'apocalypse descendant du ciel sur un rayon de lumière.

Nous sommes prêts. Nous connaissons chaque étape de notre mission.

7

Je vais laisser derrière moi ma famille. Le fils aîné des Kaneda va disparaître. Il est probable que mes parents, ma grand-mère, vivront moins bien sans ma présence et mon aide. Mon frère se sentira seul. Je retiens mes pleurs. Du moins, le jour. La nuit, dans mon lit, j'enfouis mon visage dans l'oreiller et j'éclate en sanglots.

Comment imaginer sa propre mort ? Quelle sera sa forme ? Sera-t-elle une douleur, une désintégration de particules ? Aurai-je le temps de contempler ce qu'il m'arrive ?

Mon imagination bute sur tous ces mystères. Mais je sais une chose : il est indigne de ne penser qu'à sa propre vie. Au-delà de son existence, et même au-delà de celle de ses proches, priment le devoir et l'honneur. C'est une leçon apprise. C'est une leçon répétée.

Quand j'ai quitté la maison pour partir à la guerre, mon père, qui est économe en mots, m'a dit au revoir et a ajouté : « Reviens. »

Ma grand-mère, elle, considérait que mon trépas en cette circonstance serait le plus grand mérite qui soit. Pour moi, et pour eux.

Je ne peux avouer à personne que je flotte entre deux eaux, hésitant entre l'envie de revenir et celle d'accomplir la tâche qui m'a été confiée.

C'est moins pour ressembler à un samouraï que je réaliserai ma mission que pour sauver les civils qui n'ont plus que nous sur qui compter.

8

« Et maintenant, vaillants camarades, souriez en partant, vos ancêtres vous réservent une place de choix ; tous les guerriers samouraïs du ciel, tous les guerriers morts sont là pour vous accueillir. Vive l'Empereur ! » a clamé le capitaine.

Nous sommes alignés. Kosugi se tient à ma droite. Nous sommes prêts, casque et *hachimaki* sur la tête, nous venons de crier « Vive l'Empereur ». Il nous est donné la possibilité d'avaler un verre de saké avant de rejoindre nos avions.

Je ne bois pas. Je n'ai jamais supporté l'alcool.

Hier soir, j'ai joint une mèche de cheveux à la lettre qui sera envoyée à ma famille. Ma mère sera heureuse de posséder cette partie de moi dont elle fera usage lors d'une cérémonie. Elle recevra aussi la photographie qui a été prise lors des adieux ; on me voit sourire. Je suis sûr que ce sourire l'apaisera.

Je l'imagine poser mon portrait dans le séjour de la maison et le contempler longuement avec nostalgie et fierté. Son fils guerrier du Soleil levant.

Je n'ai pas dormi de la nuit. Je pense ne pas être le seul, mais mes camarades ne confieront pas leur peur. Tout le monde n'est pas aussi fou que Kosugi. Fou d'orgueil. Fou d'un courage sans humanité.

DEUXIÈME PARTIE

1

Yumiko a été belle. Son visage maintenant ridé conserve un charme étrange. On distingue, sous le voile sévère de la vieillesse, la grâce de ses traits qui ont bouleversé ses contemporains. Je la regarde sidéré quand elle m'interdit de sortir pour que je ne prenne pas froid alors que le temps est clément. J'ai treize ans et je vis seul avec cette femme, mère de ma mère. Je lui obéis en tout.

M. Mizu, un précepteur de vingt ans vêtu d'un costume occidental noir à col cassé, vient chaque jour m'enseigner les humanités classiques (le latin et le grec), le japonais, les mathématiques et l'histoire. Il baisse les yeux devant ma grand-mère et parle peu en dehors des leçons qu'il me dispense.

Je suis un élève appliqué et timide. Du coin de l'œil, j'observe mon professeur, sa tenue, son col amidonné d'une blancheur fascinante, ses cils frémissants, sa mâchoire légèrement assombrie par un début de barbe. Je me demande à quoi ressemble son existence.

Précoce, je sais lire et écrire depuis mes six ans. À huit ans, je compose déjà des haïkus. Pour décrire les saisons, moi qui demeure presque toujours enfermé, je regarde par la fenêtre ou imite le style de mes poètes préférés.

Adolescent, j'admire la beauté des mythes grecs, les auteurs de l'Antiquité latine – Apulée, Cicéron, Virgile et secrètement Ovide dont je retiens des passages d'*Ars amatoria* –, ainsi que les histoires de samouraïs qui servent l'Empereur en maniant le *katana*, meurent au combat ou effacent un déshonneur par un *seppuku* exécuté sans un tremblement. Je m'entraîne à reproduire le geste cérémonieux avec une branche de cerisier dans laquelle je vois un *tanto* que je loge dans la ceinture de mon costume et retire d'un geste sec pour en placer la pointe sur les intestins.

C'est à mon aïeule que je dois d'être plongé depuis ma tendre enfance dans les aventures des guerriers japonais.

Le théâtre est la seule sortie approuvée par grand-mère. Nous assistons ensemble aux représentations de théâtre nô et, sur le chemin du retour, nous en commentons les intrigues. J'aime le costume du démon, le masque de la vieille femme émaciée qui la désigne comme sorcière, la musique des gongs, les capes célestes derrière lesquelles de jeunes filles voyagent du paradis au monde terrestre, et la danse des marionnettes.

Grand-mère insiste sur ses origines nobles, ses ancêtres samouraïs, elle en parle avec une émotion proche du sanglot, mais un sanglot contenu, une émotion dont je me sens exclu. Elle répète *mes* ancêtres, je comprends que je ne partage pas cette gloire, que mon ascendance n'est pas noble, d'ailleurs je porte le nom de mon père qui n'est qu'un gratte-papier, un petit-bourgeois. La pureté n'est pas un vain mot pour grand-mère.

Ma santé semble donner raison à mon aïeule : dès que je sors, je tousse ou suis pris d'une série d'éternuements. Mon organisme trop fragile ne peut lutter contre un air vicié, m'explique grand-mère. Je dois rentrer à la maison où m'attendent des personnages aux émotions exacerbées évoluant dans des décors, copies réduites des originaux, dans lesquels je rejoue les drames lyriques du théâtre nô. Je confectionne de petites figurines que j'investis de hautes missions. Elles se combattent, s'éventrent, rendent gorge. Je ressens un plaisir physique.

Pour rendre mon séjour plus chaleureux, grand-mère m'offre un lapin que je nomme le plus simplement du monde Usagi. Ébahissement devant l'animal blanc et brun, ramassé en une boule d'où émergent deux oreilles élégantes comme de fines feuilles de bananier. Je caresse durant des heures son pelage d'une infinie douceur, et cette joie éveille chez moi un amour jamais éprouvé. Enfouissant mon visage dans la fourrure de l'être frêle, je m'enivre de son odeur de foin, de sa chaleur de mammifère. Sous mes baisers, l'animal grince des dents de bonheur et cette tendresse partagée devient une source de réconfort inespéré. J'aime ce corps vibrant sous mes mains, accessible, chérissable, intensément présent.

Je n'ai pas assisté à la scène de ma grand-mère rencontrant M. Mizu pour la première fois mais il est certain qu'avant de l'employer, elle a voulu s'assurer qu'il allait me donner l'éducation qu'elle préconisait – la plus classique qui soit –, de la façon dont elle l'entendait. Elle a cherché expressément un professeur très diplômé qui lui évoquait les jeunes gens de son temps, un précepteur au style désuet. Comme à son époque, j'allais apprendre des langues anciennes en plus des matières de base comme le japonais et les mathématiques. Cette éducation n'était pas courante quand j'étais enfant. Elle était le fruit de l'ouverture du pays engagée sous l'ère Meiji. Les plus grandes familles voulaient apprendre de l'Occident. Et cela se conjuguait souvent avec un patriotisme fervent.

Selon elle, le Japon ne devait pas être une réplique de l'Europe. Cela risquait de « flétrir l'expression de l'esthétique nationale ». Grand-mère affirmait que notre culture, nos principes moraux disparaîtraient si nous ne réagissions pas.

Il était temps d'établir un nouvel Empire respectueux de notre héritage, ancré dans l'esprit du *bushido*, tourné avec humilité et sens du sacrifice vers l'Empereur de droit divin. Elle disait que le Japon était plus qu'une terre, plus qu'un sol riche en denrées et en métaux précieux, ce pays était le séjour sacré des dieux, des esprits de nos ancêtres. Pour chaque Japonais, l'Empereur est plus qu'un chef d'État, il est le représentant humain du Ciel sur la Terre, réunissant en sa personne la puissance des cieux et sa merci.

Elle se réjouissait de l'invasion de la Mandchourie qui n'était qu'un début. Bientôt viendrait l'heure de nouvelles conquêtes radieuses. L'Empire du Grand Japon avait déjà vaincu la Russie et annexé la Corée. Il avait fait valoir ses droits sur Taïwan. Les régions du nord de la Chine ne tarderaient plus à être sous domination nippone. L'Empire du Soleil levant était le garant divin et légitime de la paix en Asie, lui seul pourrait battre les plus importantes puissances occidentales. Il était le protecteur naturel de l'Asie.

Grand-mère citait le *bushido* comme la source de l'esprit de l'armée. Se comporter avec courage, droiture, bienveillance et politesse était le credo du samouraï. Ce combattant devait aussi mépriser la mort et choisir de se tuer dans certaines circonstances. Envisageant sa fin avec détachement, le guerrier devait choisir soigneusement le moment où il allait procéder au *seppuku*, agir comme s'il n'était déjà plus de ce monde. Elle citait un *bushi* célèbre : « La rectitude est le pouvoir de prendre une résolution selon une certaine ligne de conduite conforme à la raison, sans une hésitation – mourir quand il est bon de mourir, frapper quand il est bon de frapper. »

J'ai retenu cette phrase.

Ce fut du temps de la jeunesse de grand-mère qu'une loi abrogea l'existence officielle des samouraïs. Pour quelqu'un d'attaché à la culture chevaleresque, le passage au XXe siècle fut un choc. Grand-mère me parlait de sa honte d'appartenir à une époque qui se débarrassait de ses coutumes comme d'un vieux manteau passé de mode. Elle avait vu les premières tenues occidentales dans les rues, les hauts-de-forme qu'on retirait pour se saluer. L'invasion des us et coutumes européens ferait-elle disparaître l'ancienne discipline ? Elle n'avait pas particulièrement de mépris pour les Blancs, mais elle pensait qu'on ne pouvait s'éloigner de sa propre origine sans se dénaturer, s'affaiblir. Elle en était très triste.

Si je n'avais pas été si souvent malade, grand-mère m'aurait sans doute traité plus sévèrement. Je savais que les jeunes samouraïs étaient soumis à rudes épreuves à l'exception des moments où ils étaient souffrants. Néanmoins, il n'était pas bien vu que je pleure et, comme elle, je faisais en sorte de ne montrer ni joie ni colère. Mais ces émotions ravalées me rendaient les nerfs plus délicats. Je me sentais très émotif et l'initiation à l'art aiguisait ma sensibilité.

Elle avait tout pouvoir sur moi, j'étais sa chose. Elle m'adorait en m'étouffant, elle m'éduquait avec dureté, me tenait à l'écart de tout divertissement ordinaire pour un petit garçon. Elle donnait du sens à ma vie, m'ouvrait à la beauté et en même temps contrôlait mes envies, dirigeait mes désirs, écrasait chaque fibre dissipée du tout jeune homme qui ne savait pas qui il était. Elle me tendait une image de moi qu'elle avait puisée dans le monde obscur de ses souvenirs. J'étais un ectoplasme projeté hors d'elle. Un fantasme de petit-fils auquel je me suis identifié.

Loin d'opposer la culture occidentale à nos valeurs orientales, j'ai vu des passerelles entre le stoïcisme de certains auteurs grecs et latins et le cœur de notre philosophie bouddhiste. Quand je me familiarisais avec Marc Aurèle, j'entendais les échos du calme abandon aux voies du destin, de la soumission tranquille à l'inévitable qu'on puise dans le bouddhisme. L'aridité de ces auteurs voisinait la rigueur de notre éthique. Quand M. Mizu m'a parlé des œuvres de Shakespeare, j'ai reconnu dans la vengeance d'Hamlet le même besoin de réparation qu'un samouraï dont le maître aurait subi un outrage, la même dévotion filiale. Et le suicide de Brutus dans *Jules César* rappelait le *seppuku* d'un combattant déshonoré. Mais je constatais également des différences, comme la notion latine de *carpe diem* – contraire à ce qui précède – qui m'était étrangère au sens fort, et éveillait chez moi crainte et curiosité.

J'ai treize ans quand je lis Ovide que j'emprunte à M. Mizu sans qu'il s'en aperçoive, un jour où nombre de ses livres se répandent de sa sacoche sur la table de travail. Ce volume relié, dont la couleur émeraude m'attire, ne m'est pas destiné. Il en revêt un intérêt d'autant plus troublant que je suis sûr qu'il ne devait pas tomber entre mes mains. Son titre : *Ars amatoria.* Livre que je dissimule, convoite longtemps, découvre la nuit quand, m'assurant que grand-mère dort, j'allume une bougie, parcours comme on grappille, par petits morceaux, sans bien comprendre, au début. On y parle d'un sujet si insolite, si éloigné de mes réalités tangibles, de mon éducation, que le récit m'enveloppe, m'aspire dans un monde de joies susurrées, où l'on aperçoit le voile de la robe d'une jeune femme s'enfuyant dans les rues de Rome au crépuscule, la fête arrosée de vin et les œillades entre amants, les billets doux qu'on élabore comme on construit une stratégie militaire. J'éprouve une sorte d'ahurissement fiévreux, honteux, à continuer ma lecture. Je rejette le texte, cache le livre dans un renfoncement du mur de ma chambre que je calfeutre. Les mots brûlent l'imagination. M. Mizu ne dit rien à propos de la disparition de l'ouvrage, je suppose que le sujet l'embarrasse et que le silence est le moyen de nier cette affaire. D'ailleurs, moi-même, j'oublie le volume dans sa tanière.

Quand je suis rétabli d'une maladie saisonnière, je me lève à l'aube pour lire avant mon premier repas. À la fin de la journée, après l'étude, je crée un drame dont je suis le héros, guerrier revenu des enfers pour danser son tourment sur terre. Rôle que j'incarne par le jeu avant d'en écrire l'histoire et les répliques. Bonheur d'inventer, de danser dans des costumes (les dessiner et les arranger autour de mon corps). Naguère, des hommes ont puisé de la force dans la rencontre avec les esprits. Seul, il est possible de créer tous les masques, d'endosser chaque personnage, d'entendre musiques et paroles en même temps qu'on les improvise.

Je ne vois mes parents et mon petit frère que de temps en temps. C'est grand-mère qui a souhaité me prendre à sa charge, je suis le fils aîné de sa fille, l'héritier. Même si je ne porte pas son nom, j'ai en moi le sang de ses ancêtres auréolés de gloires militaires et rien ne semble aussi important pour elle que la transmission de ces valeurs et la bonne formation du premier garçon de la famille qui pourrait la rendre fière. Quand bien même méprise-t-elle mon père pour ses origines peu glorieuses.

Elle a de grandes espérances pour moi mais craint pour ma santé. Elle me demande de ne pas courir dans la maison. Et de ne pas fatiguer mon corps au risque de retomber malade. Du calme pour toi, dit grand-mère, tu es fragile. Je préfère que tu évites la compagnie des enfants de ton âge qui auraient une mauvaise influence sur toi. Tu les entends s'amuser non loin de la maison, tu entends leurs cris, ils sont violents et vulgaires, ils grandiront sans aucune tenue.

J'écoute et obéis. Un monde de fantasmes m'est accessible, sans restriction, je change de forme humaine, dialogue avec les esprits. L'âme de la chevalerie me porte, son parfum délicat m'enivre. D'immenses choses m'attendent dont je n'ai qu'un pressentiment.

Usagi court autour de mes jambes, sa fourrure soyeuse frôle ma peau. Je caresse le rectangle de poils entre les yeux. Il s'immobilise, attentif à mon geste, grince des dents de plaisir, menace d'une morsure avec un coup de tête vif quand j'approche du cou ou du ventre. Si son corps trapu rend sa démarche pataude, il est capable d'accélérations phénoménales. Il m'évoque une créature mi-céleste, mi-terrestre, méconnue des hommes. L'animal est toujours incompris pour la simple raison qu'il ne parle pas, du moins ne parle-t-il pas notre langue. Pour autant, Usagi vient me saluer quand je l'appelle, et il manifeste ses émotions avec des attitudes précises. Son regard a des éclats tendres quand je lui murmure des mots doux. Personne n'est aussi proche de moi. Même grand-mère qui me fait parfois dormir dans son lit, l'hiver, pour veiller sur moi, au cas où un génie du froid voudrait me dérober. Grand-mère, qui prend mes pieds glacés dans ses mains pour les masser, ne m'est pas aussi proche. Je me confie à Usagi – me penche vers ses oreilles duveteuses, y dépose des secrets, des récits de solitude ou des drames dans lesquels je souhaiterais m'engloutir – et son oreille se meut. Son museau s'anime de haut en bas à des vitesses variables, au gré des sensations, parfois il cesse son mouvement et c'est comme s'il retenait sa respiration, au maximum de l'attention. Usagi m'évoque les chevaux par ses yeux en forme de billes, leur profondeur et la crainte qui s'y invite. Je le sacre ami animal du guerrier que je suis. Animal totem, animal esprit de la nuit qui s'éveille au crépuscule tel un danseur se prépare à entrer en scène, se lance sur les planches baignées d'obscurité quand l'ivresse de sa race le prend comme une musique envoûte.

La nuit, je laisse sa cage ouverte près de mon lit et écoute ses va-et-vient de mammifère affairé. Souvent, avant de sombrer, j'aperçois dans la pénombre sa silhouette ramassée, son œil perle attentif qui suit le moindre de mes gestes. Puis il s'éloigne en une série de petits bonds. Je me rendors, bercé par la présence de la bête dont l'esprit flotte entre le monde céleste et le monde terrestre.

Il est le premier être que je vois au réveil, le seul vers lequel j'avance la main.

Nous n'avons pas beaucoup parlé de mon père avec grand-mère. Je sens qu'il n'est pas un homme comme elle les aime. À ses yeux ma mère a commis pire qu'une mésalliance, elle s'est rendue coupable d'une faute de goût.

Je n'ai jamais rencontré le père de grand-mère qui connaît ses hauts faits sur le bout des doigts, de sorte que je me le représente comme un héros. Elle raconte comme il a eu l'honneur de mener ses soldats à une victoire dans le conflit russo-japonais. Il était aussi un maître du *kenjutsu*, l'art martial le plus noble puisqu'on y manie le sabre. La voix de grand-mère, monocorde, ne manifeste aucune émotion mais ses récits ressemblent à des légendes effrayantes et fascinantes pour le garçon sensible que je suis.

Tu comprends qui doit être ton exemple dans la vie, dit-elle, j'espère que tu ne me décevras pas. Je hoche la tête et baisse les yeux au sol.

2

Je m'imagine aller au combat, convaincu qu'une énergie rare demeure en moi. Un jour viendra où je mettrai à l'œuvre cette force vitale que je sens dans mes entrailles et j'accomplirai de grandes choses. J'ignore encore vers quelles armes je me tournerai et quelle sera ma voie mais le destin m'appellera. Ma jeunesse bouillonnante saisira sa chance. J'imagine déjà la gloire comme la brûlure du soleil, comme une vision éblouissante et douloureuse.

À l'âge de quinze ans, les batailles militaires me passionnent autant que le théâtre ou la littérature. Bientôt je trouverai plus intéressants les rebondissements d'un combat qu'une histoire romanesque. Les avions me fascinent. Ils sont sublimes à regarder et subtils à piloter. Il existe des écoles pour former les futures élites de l'aviation mais grand-mère souhaite que je me concentre sur mes études et suggère que je reçoive des cours de *kendo*.

Deux fois par semaine, je me rends donc dans la classe du professeur Fujiwara pour apprendre le maniement du sabre selon les règles strictes de cet art. Je marche une demi-heure dans la ville avec le plaisir infini de découvrir ces lieux dont j'étais tenu à l'écart. Les petites maisons et leur jardinet, les rues sinueuses, tout est nouveau pour moi. Il y a même un terrain vague où s'amusent des garçons. Longer cet endroit m'exalte et me remplit d'angoisse. Les premières fois, je n'ai pas osé tourner la tête pour regarder les adolescents. J'ai accéléré le pas, en retenant mon souffle, en fixant un point au loin, devant moi.

Grand-mère a veillé à ce que maître Fujiwara me dispense des cours particuliers. Je ne fréquente personne de mon âge. Je suis donc très impressionné par les jeunes gens qui se livrent à des activités bruyantes. Mes contemporains m'effraient et m'attirent.

L'exercice physique, aussi intense et rigoureux que le *kendo*, exige de la virilité. Malgré l'armure, un coup de *shinaï*, bien que confectionné en lamelles de bambou, peut être douloureux s'il n'est pas envoyé correctement. On ne lance pas une attaque n'importe comment. Il est important d'observer son adversaire pour déjouer ses assauts et désigner en criant la partie du corps qu'on a choisi de frapper. Maître Fujiwara demande que mon pied droit ne dépasse pas mon pied gauche. De la concentration dans l'exercice. De la retenue dans l'effort. Un salut parfait. « L'esprit, le sabre et le corps ne font qu'un », m'apprend-il. Et je dois méditer chaque leçon pour pénétrer la profondeur de la voie du sabre.

Je découvre le bonheur d'éprouver mon corps, de le tendre, le raidir, de sentir la sueur couler sous mon *kendo-gi*, sous mon casque également. Mes muscles sont une horde de chiens affamés qui cherchent le mouvement. Plus ils se bandent, plus ils se renforcent. Moi l'adolescent fluet, je me transforme. Je me rapproche de mon idéal, de la carrure du guerrier. De son sang-froid. La douleur musculaire m'ancre dans le moment présent. Rien ne me donne autant le sentiment d'exister que les brûlures liées à l'effort excessif ou aux coups reçus. Jubilation muette. Fallait-il connaître la souffrance physique pour avoir la sensation de vivre ? Je ne serai plus jamais le même.

La merveilleuse illusion disparaît ensuite quand je rentre chez grand-mère et que je marche à quelques mètres de ce lieu presque honni où des adolescents se provoquent, s'amusent, éclatent de rire. Alors, le combattant que je suis rentre dans sa coquille et rapetisse. J'accélère en retenant mon souffle, terrifié à l'idée que l'un d'eux m'apostrophe.

3

M. Mizu tape deux coups à la porte. Grand-mère constate avec plaisir sa ponctualité et l'accueille avec égards. Le jeune homme se courbe maintes fois pour saluer la dame vénérable. Il bafouille des cordialités et suit mon aïeule qui le conduit dans le salon où je reçois mes cours. Cette pièce permet à grand-mère d'écouter mes leçons, même si elle disparaît parfois pour ses occupations. Je suis assis bien droit sur le tatami, devant moi se trouvent une table et des dictionnaires, de quoi écrire. Je salue mon professeur.

Cette matinée ensoleillée va être consacrée au théâtre. Pas aux œuvres japonaises que je connais bien mais à Shakespeare dont M. Mizu me parle comme s'il s'agissait du seul dramaturge sur terre. Il me fera découvrir quelques passages mais tout d'abord, comme je ne maîtrise pas l'anglais, il me détaille les intrigues. Je suis tout ouïe. Beaucoup de ces histoires auraient pu se passer au Japon, affirme-t-il. Lui qui a lu dans le texte les œuvres les plus importantes du dramaturge anglais raconte avec une ferveur que je ne lui ai jamais vue auparavant. Mon professeur est un être sensible, le rouge lui monte facilement aux joues.

Si je reconnais l'esprit du samouraï chez Hamlet et Henry V, les sorcières de *Macbeth* ont des sœurs aussi terrifiantes dans le théâtre nô. (Il a ouvert un livre et me montre quelques illustrations dont une représentant ces vieilles femmes infernales.)

Au moment où nous abordons l'histoire des amants de Vérone, je suis soulagé que grand-mère soit sortie faire une course. M. Mizu ouvre le livre et, après l'avoir lu dans sa langue d'origine, traduit pour moi le premier échange entre Roméo et Juliette. Son émotion s'entend et se voit. Je remarque combien il cligne des yeux et comme il respire rapidement. Il lève ensuite son visage vers moi et m'explique en quoi consiste un sonnet. Ému par la sensibilité de mon précepteur et par les mots du poète, je vais lire la pièce dans sa traduction japonaise avant de l'étudier avec lui dans sa version originale.

M. Mizu explique que Roméo et Juliette créent un poème à deux, une réplique engendrant chez l'autre une repartie également versifiée, leur dialogue prend la forme d'un sonnet. L'amour devient une religion. La guerre rôde autour des amants à qui il ne reste que la nuit pour se revoir. Plus qu'Ovide, cette pièce m'apprend l'amour, ce sentiment si étrange qu'il me semble que je ne le connaîtrai jamais.

Difficile de voir un équivalent japonais au bal qui permet le tête-à-tête entre les amoureux. Le Japon n'a pas créé de lieu où les jeunes gens des deux sexes peuvent s'entretenir, même masqués. Est-ce à dire que jamais mes yeux ne seront éblouis par une Juliette ?

Cette matinée passionnante se termine. Grand-mère fait irruption dans la pièce. M. Mizu se lève précipitamment et s'excuse du retard – nous sommes juste à l'heure. Il va revenir dans l'après-midi pour des exercices de mathématiques.

Une odeur délicieuse s'échappe de la cuisine. L'amour m'a donné faim.

En lisant cette pièce de Shakespeare que mon professeur m'a conseillée, je me perçois comme le spectateur d'un miracle auquel rien ne me destine. Je m'assombris un peu plus.

Grand-mère me voit caresser le crâne d'Usagi, me pencher sur son museau, l'embrasser durant des heures. Elle me demande si les cours de *kendo* me plaisent toujours autant. Je la rassure. De fait, je ne me lasse pas de ce sport. Mais, bientôt, c'est le trajet que j'emprunte pour me rendre à l'entraînement qui devient le grand moment de ma journée. Je ralentis l'allure quand j'aperçois, au loin, le commencement du terrain vague. Je jette des regards furtifs en direction des garçons turbulents.

Ils sont quatre. Le plus âgé semble avoir dix-sept ans et les autres environ treize ou quatorze. Trois d'entre eux sont mal habillés et ne connaissent probablement pas le peigne. Mais le plus grand a le visage lisse comme un caillou malaxé par la mer et les cheveux d'un noir aussi intense que ses yeux. Impeccablement habillé et coiffé, il porte un costume occidental raffiné sous lequel on devine une carrure de jeune homme aux muscles souples – épaules larges, longs membres inférieurs. Son comportement contraste avec celui des autres par une distance affichée et je m'étonne qu'un fils de bonne famille se mêle aux jeux de petits voyous de quartier. L'adolescent parle sèchement aux garnements sans que ceux-ci manifestent de rébellion. Les chefs sécrètent une autorité naturelle. Les garçons qui l'entourent sont sans doute des fils d'artisans ou de commerçants, leurs manières révèlent une grossièreté de classe.

Je ne parle évidemment pas d'eux à grand-mère, elle serait capable de mettre fin à mes cours de *kendo*. Ces moments d'observation discrète deviennent mon secret. Un trésor dont je me réjouis en silence de recevoir l'usufruit deux fois par semaine.

Un jour, j'aperçois, en compagnie des adolescents habituels, une jeune fille en pleine conversation avec le chef des garçons. Cette apparition me frappe au point que je dois me ressaisir pour ne pas attirer l'attention ; je continue d'avancer mais le plus lentement possible. Qui est-elle ? me demandé-je, au comble du trouble. Cette jeune fille élégante fréquente-t-elle des vauriens ?

Elle parle à l'adolescent distingué, la tête légèrement inclinée vers le sol, alors qu'au même moment, les garçons chahutent comme trois petits singes à peine domestiqués. Le chef écoute la jeune fille, ponctue son récit de hochements du menton, sans jamais perdre son expression de seigneur. En me déplaçant, je parviens à distinguer le profil de l'intruse à la peau pâle. Ses traits rappellent ceux du jeune homme de façon frappante. Comme lui, l'arc finement tracé des sourcils, comme lui, la forme harmonieusement allongée du visage. Plus petite de cinq centimètres environ, son corps, bien qu'en partie dissimulé par le kimono, paraît finement sculpté, étroit et flexible comme un roseau.

J'aimerais contempler ce spectacle à l'envi tant je n'ai rien vu d'aussi ravissant de toute mon existence. Deux jeunes gens idéaux et comme isolés du reste du monde, deux réussites esthétiques du Yamato dont l'éclat naît dans un terrain vague.

Je n'ai pas dormi de la nuit. Ivre des images de la veille, me remémorant l'adolescent et la jeune fille, leur élégance et leur mystère, j'ai songé au physique de ces êtres inaccessibles sans me lasser.

Ils sont une vision de la beauté absolue, celle qu'on décrit dans la littérature, celle qu'on représente en peinture. Ils me paraissent aussi féeriques que les personnages d'un conte.

Leur ressemblance doit s'expliquer par un lien familial rapproché. Ils sont frère et sœur, me dis-je. Ou peut-être cousins. La jeune fille semblait la version féminine du jeune homme. J'aimerais décliner leurs points communs mais, à la vérité, je n'ai pas vu complètement son visage à elle.

Les jours suivants n'offrent aucun intérêt, je n'ai pas cours de *kendo*. J'attends avec impatience ma prochaine sortie. Grand-mère m'observe avec suspicion, mais elle ne sait rien, ne peut rien deviner.

Le troisième jour, je pars à l'entraînement bien avant l'heure prévue, accélérant, au lieu de flâner comme j'en ai l'habitude. Quand j'aperçois le monticule de la plaine où se réunissent les silhouettes qui hantent mon imagination, je commence à trembler. Comment se nomme cette faiblesse contre laquelle je dois lutter ?

La jeune fille n'est pas venue. Son frère est là qui apostrophe les garçons, les conseille – d'après ce que je comprends – sur les stratégies d'un jeu de société posé sur le sol autour duquel ils sont agenouillés. Lui se tient debout, droit comme un général. Tentant de lorgner le plus de détails possible de la scène, j'avance à petits pas, visage tourné dans leur direction, cou tordu. Finalement, j'aperçois un jeu de go, sale et abîmé mais reconnaissable à son damier, à ses pierres de deux couleurs. Les garçons jouent avec des gestes nerveux, pépiant après que l'un d'eux a déplacé sa pierre blanche ou noire. Le chef donne des directives avec une sévérité militaire. Je regarde alentour. Nulle jeune fille.

Après mon entraînement, je ne surprends sur le terrain vague qu'un couple de corneilles. Je rentre à la maison l'esprit assombri, sans mettre de mots sur ma tristesse.

Ce n'est qu'une fois couché, après avoir avalé en silence mon bol de nouilles de sarrasin avec grand-mère, que je me mets à penser à la jeune fille. Il s'agit alors de reconstituer ses traits en imagination. Ces tentatives maintes fois recommencées deviennent obsessionnelles tant ma mémoire a glané peu de détails. Me vient alors l'envie de relire ce passage de *Roméo et Juliette*.

What lady is that, which doth enrich the hand
Of yonder knight ?

Alors cette splendeur du Yamato m'apparaît avec une acuité inattendue comme si les mots de Shakespeare la révélaient. Son visage flou devient soudain parfaitement dessiné. Je me vois dire ce que je ne sais qu'à peine prononcer mais que j'ai fini par retenir :

O, she doth teach the torches to burn bright !
It seems she hangs upon the cheek

of night
Like a rich jewel in an Ethiope's ear ;
Beauty too rich for use, for earth too dear !

Et c'est avec les traits de la jeune fille que je m'endors.

Grand-mère s'étonne de mon impatience à suivre mes cours de *kendo*. Elle me félicite pour mon zèle. Le sang qui me monte aux joues n'éveille plus ses soupçons.

Durant des semaines, je retourne au *kendo* sans revoir la jeune fille qui m'a transformé en spécialiste de *Roméo et Juliette*. Je rentre à la maison l'âme en peine.

Les jeunes femmes qui font rêver les poètes sont appelées œillets du Yamato, elles sont des fleurs du vieux Japon, des corolles délicates que les pensées amoureuses effleurent doucement sans les toucher. Rien ne m'empêche de chérir mon propre œillet.

Le lendemain, ce parcours qui m'exaltait continue de me rendre triste puisque seuls les garçons sont là qui s'amusent sur le terrain vague.

Aurais-je rêvé cette jeune fille ? Je vis désormais avec le souvenir détaillé du dos et du profil de ma fleur du Yamato, *Yamato nadeshiko*. Elle devient une créature mi-réelle, mi-fantasmée, un être auquel j'adresse des vœux de dévouement, des promesses fiévreuses. Le soir, dans mon lit, je la rêve avec une acuité érotique. Contrairement à mes premiers émois nés dès mes douze ans, je parviens à jouir en me représentant simplement ses traits. Me viennent une quantité d'orgasmes.

Mon adolescence se résume à l'apprentissage d'un art martial, des lettres classiques et de la poésie, à l'illusion d'un amour et aux leçons de conduite honorable héritées de grand-mère.

J'ai seize ans quand grand-mère estime qu'elle a fini de me modeler selon sa perception du monde ; sa mission remplie, elle me rend à mes parents. « Isao san, je suis fière de toi. Tu accompliras de grandes choses. Je t'ai donné l'éducation que j'aurais aimé transmettre à un fils. Pense à moi et deviens un homme valeureux. »

Je rentre chez mon père et ma mère avec Usagi dans les bras. Un peu troublé par l'étrangeté de ce nouveau chez-moi, intimidé par ces adultes qui me sont presque étrangers, je ne sais quoi dire ni comment me comporter. Je reconnais à peine mon petit frère. Et, pour compliquer le tout, je crois être un homme, ou presque.

Un samedi, en me promenant, je découvre une base aérienne à quelques kilomètres de la maison. Je peux enfin voir de près ces appareils qui remplissent l'air de grondements, survolent le toit des maisons telle une menace et disparaissent dans le bleu du ciel. Je suis frappé par la beauté du spectacle.

Et si mon destin était de monter dans ces machines et de combattre dans les airs ? L'idée m'attire irrésistiblement.

J'ai trouvé ma voie. Une carrière dans l'aviation me semble inéluctable. Tout ce que j'ai appris m'a destiné au métier d'aviateur. Le combat martial commencé au *kendo* a donc un avenir dans l'azur derrière un tableau de bord, à l'intérieur d'une armure d'acier. Je m'imagine traversant les nuages, montant à la verticale, le corps en souffrance, le sang pulsant délicieusement dans les tempes, dans un élan de liberté totale, braquant les commandes pour exécuter un looping.

Je suis un garçon timide qui parle peu. Les premiers temps, j'ose à peine m'adresser à ma mère qui est pourtant douce et attentionnée. Je continue de vivre avec des personnages dans ma tête qui ne sourient jamais et s'affrontent à coups de sabres sans qu'une grimace de douleur plisse leur visage. J'adresse parfois mes combats à l'œillet du vieux Japon, à la jeune fille inconnue. Si un jour elle pouvait entendre parler de moi, de mon courage, de ma bravoure de samouraï du ciel, elle serait certainement émue et nous pourrions connaître le bonheur que les poètes ont vanté.

La main accrochée au grillage de la base aérienne, j'admire les Mitsubishi A5M, le premier chasseur monoplan au monde qui a réalisé des exploits en Mandchourie. Il en décolle quotidiennement vers le nord car l'Empire a besoin de croître et de prospérer. Les journaux chantent nos glorieuses conquêtes sur le continent. Quand la guerre a éclaté avec les États-Unis, on a vu voler des armadas de MA5M au-dessus de nos têtes.

Les mois passant, de nouveaux modèles apparaissent, révolutionnant les techniques, plus redoutables et faciles à manier. Quand j'aperçois les élèves de l'école de pilotage, des jeunes gens de mon âge, qu'on forme à l'ascèse minutieuse de l'assaut dans les airs, mon cœur s'affole. Un jour, ce sera mon tour, je serai assis à bord, casque et lunettes sur la tête, je combattrai parmi eux. L'avion sera une nouvelle voie du sabre.

J'annonce à mon père mon désir de devenir un pilote de chasse. Je serai fier de défendre mon pays. Dès que l'auteur de mes jours donnera son autorisation, je rejoindrai le Yokaren, cette école qui vise à former les pilotes de réserve.

Comme moi, il a vu près de notre rue l'affiche qui incitait les jeunes volontaires à s'inscrire. De nombreux adolescents postulent.

Pour des jeunes gens qui n'ont connu que les études et leur foyer, l'école militaire est la promesse d'une expérience exaltante. On s'y destine avec l'ambition de s'immerger dans le danger, de se rendre maître de machines miraculeuses, de se battre, de jouer son existence sans avoir peur de la mort car seule l'intensité compte, l'investissement dans l'action. On y voit le début d'un âge d'homme, tant attendu, si espéré. On n'oublie pas de parler de l'Empereur et de devoir, mais le fond des cœurs est d'abord animé par l'amour du conflit.

4

Depuis mon retour chez mes parents, je fréquente un lycée public. L'année prochaine, je passerai mon diplôme d'études secondaires. C'est important, répète mon père. Ensuite tu pourras entrer à l'école de pilotage, pas avant.

Je découvre donc la vie sociale à l'âge de seize ans et les premiers temps, je demeure méfiant et muet. Hors des cours, les garçons s'agitent, se bousculent, se défient. Il n'est pas rare d'assister à des scènes de vengeance dont la ténacité nécessite la dissimulation. Ikeda Osamu, bon élève mais secret, nourrit pour Kobayashi Tsutomu, élève d'une autre classe, une haine mortelle et réciproque sans que personne ne connaisse l'origine de leur hostilité. Je les vois derrière des arbres se tordre le bras et cogner des régions sensibles de leur corps en étouffant des cris. Je les regarde avec une sorte d'envie, comme on peut jalouser l'amitié forte qui lie certains camarades. S'ils reviennent en cours avec des ecchymoses visibles, le proviseur les renverra de l'établissement et la crise diplomatique avec les parents sera aggravée.

La guerre que notre pays livre aux puissances étrangères m'évoque la réplique gigantesque de nos récréations.

Nous vivons une époque cruciale, un temps de conflits nécessaires, nous devons rester concentrés parce que le pays n'est plus seulement en guerre contre la Chine mais également contre l'Union soviétique. Et avant même qu'un conflit n'éclate avec les États-Unis, une propagande antiaméricaine est à l'œuvre.

Je ne sais pas si tous les élèves ont éprouvé la même joie que moi quand nous avons appris, le 8 décembre 1941, le lendemain de l'attaque, que notre valeureuse aviation avait détruit la base américaine de Pearl Harbour mais je me rappelle avoir ressenti une telle fierté, un tel élan de patriotisme et de jubilation, que j'ai crié, comme d'autres, dans les rues. Enfin, nous y voilà, me suis-je dit, l'Empire est en route vers la victoire contre l'Amérique et son expansionnisme dans le Pacifique.

Notre professeur principal nous a tenu un discours solennel sur la gloire du Japon et le devoir de tout Nippon de se sacrifier pour son pays. Si les puissances alliées l'emportaient, nous serions envahis et détruits. Seul le *Tenno*, l'Empereur, est le garant de la paix dans le pays mais également dans toute l'Asie.

Le professeur a également cité notre ex-Premier ministre Fumimaro Konoe qui a utilisé il y a peu la métaphore du toit pour désigner le *Tenno*, rappelant que tous les peuples d'Asie devaient se réunir sous le même toit, sous sa protection, car l'alliance du colonialisme américain à l'impérialisme britannique est un danger pour notre continent. L'enseignant a affirmé en haussant la voix que si les puissances occidentales l'emportaient en Chine, en Mandchourie et ailleurs en Asie, elles y apporteraient la décadence et la faiblesse, elles dénatureraient irrémédiablement l'esprit hérité de nos ancêtres. Le gouvernement veut lutter pour créer un *nouvel ordre en Asie de l'Est* et établir la paix.

Nous étions debout dans la salle de cours, au garde-à-vous. Tous les visages étaient crispés de tension. Nous avions déjà l'impression d'être une armée mobilisée devant son général en chef. Nous nous sentions appartenir à une grande famille, réunis par la figure paternelle de la nation dont le modeste porte-parole ici présent était notre professeur. Celui-ci s'est également félicité du travail des agents qui passent régulièrement dans tout établissement pour s'assurer que règne l'esprit patriotique.

La semaine précédente, un inspecteur est venu dans notre classe et nous a demandé de concentrer notre attention sur des affiches qu'il avait accrochées au tableau. L'une d'elles mettait en scène un groupe de Japonais avançant en ligne comme lors d'une battue. Chaque personnage représentait une profession, on trouvait des ouvriers, des paysans, des soldats, et même une femme au centre, et tous étaient armés d'outils de travail (pelle, râteau, perceuse), à l'exception de la femme qui brandissait un drapeau de l'Empire. Dans l'arrière-plan s'érigeait le mont Fuji, et sur le coin gauche, des *kanji* en rouge exhortaient chaque Japonais à se lever et à s'unir dans l'effort de guerre. Nous devions commenter, expliquer le sens des affiches. L'agent pointait du doigt un lycéen et criait : « Que comprends-tu de ce dessin ? »

L'élève devait se lever et commenter l'image en insistant sur la thématique du devoir patriotique. Il devait parler fort, avec respect, sans hésiter. Il devait montrer qu'il était l'adversaire des puissances occidentales.

Une autre illustration montrait le président américain Roosevelt avec un air carnassier, les mains énormes et menaçantes. Nous devions dire ce que nous voyions, mais plus encore, nous devions nous souvenir des leçons de *science japonaise*, à savoir que nous sommes les enfants de l'Empereur, que celui-ci est d'essence divine, et que chacun est prêt à mourir pour lui.

Pour la première fois, je ressemble aux garçons de mon âge. J'appartiens à un groupe. Mes phrases commencent souvent par « nous », moins par « je ». Une sensation de solidité m'habite.

Nous sommes tous debout, les mains à plat sur la couture de nos pantalons. Nous articulons comme un seul homme :

« Monsieur le professeur, nous comprenons le rôle primordial de l'Empire du Grand Japon dans la libération des pays d'Asie de l'Est. Notre mission consistera à rendre aux peuples asiatiques l'humanité que l'Occident a flétrie, nous les libérerons du poids de l'exploitation coloniale. Un jour, grâce à l'armée japonaise, les peuples vivront en paix, dans la concorde et le respect de leurs traditions. »

5

Comment vois-je cette période de préparation morale à la guerre ?

La protection de nos valeurs me semble la meilleure justification au conflit. Et je suis ému de bientôt servir l'Empereur en personne. La voie des samouraïs n'était pas différente. Ce que nous entendons à la radio, ce que nous lisons dans les journaux et l'enseignement que nous recevons au lycée est si prégnant qu'il est certain que notre peuple va s'ériger contre les puissances étrangères et qu'hommes, femmes et enfants feront leur devoir jusqu'au sacrifice.

Pourtant, une partie de moi, enfouie et presque honteuse, s'interroge sur les critiques virulentes à l'encontre de la culture occidentale. Grand-mère m'avait un peu inquiété avec ses récits de lords anglais aux mœurs dégénérées au début du siècle à Tokyo, mais parce que mon précepteur m'a donné un enseignement universel, j'aurais tendance à mettre sur le compte de la raideur militaire le rejet systématique de tout ce qui provient de l'Occident. Sans me laisser convertir au jazz ou au baseball qui n'éveillent pas mon intérêt, j'aime en secret une certaine mode et la littérature européennes. Je ne me considère pas moins comme un patriote convaincu et un futur soldat mais je n'ai pas besoin d'embrasser la simplicité brutale des discours martiaux pour prouver mon engagement absolu et mon envie de me battre. J'ai en moi assez d'énergie virile pour espérer bientôt le combat.

Je m'applique à devenir le premier de la classe. Partant de l'enseignement privilégié que j'ai reçu chez ma grand-mère, je me hisse sans difficulté parmi les meilleurs élèves. À la fin de l'année, j'intégrerai le Yokaren et je débuterai l'apprentissage du pilotage.

Mon père approuve mon engagement mais il est clair que, selon lui, mes résultats scolaires passent avant tout. Quand je lui parle des avions et de ma carrière de pilote de chasse, il m'écoute avec calme et conclut qu'après le conflit, je pourrai devenir un excellent ingénieur. J'acquiesce. Le Japon aura besoin de travailleurs qualifiés pour se développer après la victoire. Je n'ose lui dire que son discours ne ressemble pas à celui que nous entendons chaque jour sur les ondes. Personne ne demande à qui que ce soit ce qu'il fera après la guerre. Personne n'envisage une telle échéance, sans doute par crainte d'une malédiction.

À l'âge de dix-sept ans, j'entre au Yokaren (*hikou yoka renshusei*).

Le matin du départ, ma mère est émue, elle revient juste du temple où elle est allée prier pour moi à l'aube. Mon père contient ses émotions au fond de lui, derrière un masque presque sévère. Après avoir serré dans mes bras mes parents et mon frère, j'embrasse une dernière fois Usagi que je dois laisser derrière moi. C'est la séparation la plus difficile, la plus intime, la plus silencieuse. Le lapin pourra-t-il vivre sans moi ? La question me tourmente.

Je prends le train pour la première fois de ma vie et pars vivre à 55 kilomètres de Tokyo. J'éprouve une fierté inédite. On nous donne deux uniformes, et ces vêtements rêches à la coupe sévère produisent sur ma peau une sensation délicieuse. Recouvert des couleurs officielles, habillé de courage, je me redresse davantage.

On nous indique notre dortoir et notre casier. Je ne suis pas le plus jeune mais je suis certain de pouvoir développer une puissance de travail et de compréhension des techniques supérieure à celle de mes camarades, dont la plupart semblent trop fougueux pour faire de bons pilotes de chasse.

C'est le début d'un entraînement implacable. Les cours se passent dans une discipline de fer. Au programme, anglais, mathématiques et les bases de l'aviation : langue des sémaphores, cours théoriques.

Pour conclure la formation, l'initiation aux principales manœuvres du pilotage.

Ce que nous vivons est déjà l'armée de par la rigueur impitoyable. Nombre de garçons ambitieux ont postulé pour entrer au Yokaren, tous n'ont pas été sélectionnés. La plupart deviennent réservistes, à moins qu'une tare révélée ou une infraction lors de la formation ne justifient leur exclusion.

Être accepté dans cette école militaire me persuade que mon destin est en train de s'accomplir. Il est exaltant de faire partie des élèves de l'aéronavale japonaise. Nous sommes les futurs combattants des airs.

Le soir, avant de dormir, nous nous réunissons autour du lit d'un camarade et nous discutons. Nous évoquons les as de l'aviation, les plus vaillants de l'armée impériale qui ont remporté victoire sur victoire. Sakai Saburō, surnommé *Le Samouraï du ciel*, a gagné treize batailles coup sur coup aux Philippines, et à Bornéo. Iwamoto Tetsuzō a été le plus grand héros de la guerre sino-japonaise. Un dieu volant. Autrement baptisé *Tigre Tetsu* ou *l'As du Zero*, en référence au nouveau chasseur bombardier Mitsubishi A6M plus fréquemment appelé *Zero-sen*, un avion léger et très facilement manœuvrable, à l'origine du succès de l'attaque de Pearl Harbour.

Le *Zero*, nous l'appelons aussi *Zeke* ou *Reisen*. Il est de loin le chasseur le plus rapide et le plus réactif du monde, les Américains sont désemparés face à un bon aviateur dans cet engin prodigieux. Il est doté de deux canons de 20 mm de capot et de deux mitrailleuses de 7,7 mm. Nos ingénieurs améliorent régulièrement la technique du *Reisen*. Un excellent pilote à bord d'un *Zero* est indestructible.

Nous aussi désirons accomplir des exploits spectaculaires. À bord du *Zero*, nous serons aussi courageux que Sakai Saburō ou Iwamoto Tetsuzō.

Ce n'est pas la mort qui nous fait peur mais de ne pas être à la hauteur de notre future mission. Quant au pire, ce qui ruinerait notre honneur et celui de notre famille, ce serait de tomber vivants entre les mains de l'ennemi.

Je remarque un garçon discret dans notre groupe. Petit, fluet, des yeux animés de souriceau, il semble plus jeune que nous. Son visage est agité de tics nerveux. Il ne prend jamais la parole, se contente de répondre simplement quand on l'interroge. Son visage glabre a la couleur dorée des jeunes pêcheurs qui partent en haute mer dès l'aube, sa nuque maigre semble fragile et souple comme la tige d'une fleur. Je m'approche de lui.

Il me dit qu'il se nomme Aiko, oubliant de se désigner militairement par son patronyme. Il vient d'un village à 100 kilomètres au nord de Tokyo. Il est le cadet d'une famille de cinq enfants. Son père travaille comme cheminot. Je parviens à obtenir ces quelques renseignements en insistant avec douceur. Aiko lâche des réponses courtes. Tous ses frères sont dans l'armée. Sa famille a voulu qu'il entre dans l'aviation. Je devine qu'il est terrorisé.

La nuit, plus seul que jamais dans le dortoir assoupi, je pense à mes parents, et à l'œillet du Yamato perdu de vue. Saura-t-elle un jour qu'un grand pilote a rêvé d'elle et lui a dédié ses combats voire sa mort ? Les soldats en devenir sont sans tendresse pour les êtres sensibles, ils tiennent pour méprisable le monde des sentiments. Moi-même, le jour, je contiens efficacement mes peurs, ma fragilité, et mon goût pour la rêverie, mais la nuit, les digues sautent et j'entre dans l'eau noire de la nostalgie.

Nous suivons les évolutions de la guerre, soit que nous parvenions à écouter les détails des interventions de notre armée à la radio, soit que nos instructeurs nous expliquent, cartes de géographie à l'appui, le déroulé des derniers combats. Récemment, nous avons bombardé le nord de l'Australie et les îles Salomon. Les Indes orientales néerlandaises sont tombées aux mains de l'Empire. Le Japon a atteint ses objectifs et le moral est au meilleur. Nous attaquons dans le Sud pour briser l'alliance entre l'Australie et les États-Unis.

Notre pays triomphe et rien ne nous semble plus naturel. Le Japon ne peut pas se tromper quand le grand prêtre de la nation descend de la déesse du soleil Amaterasu.

Nous piloterons un jour dans les rayons de ce soleil. L'acier de nos chasseurs entrera dans la grande clarté, le métal se mariant à la lumière, le corps rencontrera l'esprit dans une ascension vertigineuse.

Je me fais une idée de la guerre qui ressemble à un théâtre. Dans un décor d'eau et d'air, je conduirai l'engin le plus rapide de la création. Mes camarades m'entoureront et nous livrerons des batailles d'adresse que nous remporterons, armés de la foi absolue en notre cause, en l'idéal du guerrier nippon. Nous avancerons dans l'azur comme une cavalerie, les uns défendant les flancs des autres, frôlant la mer ou piquant du zénith vers la cible selon une chorégraphie apprise. Si la mort se trouve au terme de notre action, nous mourrons dans la gloire, les yeux ouverts.

Seul Aiko ne semble pas s'enivrer de cette poésie martiale. Une nuit, je me lève pour soulager ma vessie et, en passant devant son lit, j'entends des sanglots.

Le garçon ne cherche la compagnie de personne, il a tendance à s'isoler. Cette solitude doit lui peser car ici le groupe soude, le groupe entretient l'enthousiasme. Souvent, je me surprends à dire « nous » en moi-même, je me sens appartenir à une communauté de combattants. Aiko doit souffrir terriblement de la mise à l'écart qu'il s'inflige.

6

L'année 1943 se termine, de nombreux pilotes parmi les meilleurs ne sont pas revenus. La bataille du 20 au 23 novembre sur l'atoll de Tarawa a été sanglante. 4700 soldats de la marine impériale sont tués qui s'étaient battus comme des tigres. L'une de nos bases logistiques les plus importantes, située sur l'île de Truk, tombe le 17 février 1944. Nos troupes se replient sur Singapour. Le pays souffre, va bientôt manquer de pétrole et de denrées alimentaires. Saipan est la première île nippone perdue en date du 9 juillet 1944.

Nous savons que les civils n'ont pas voulu se rendre. Les individus les plus faibles ont préféré se donner la mort.

La perte de Saipan est une telle tragédie que le Premier ministre, Hideki Tōjō, démissionne avec son gouvernement. L'humiliation est grande pour lui, elle rejaillit sur les dirigeants et sur l'armée. On apprend la destruction de nouveaux porte-avions japonais lors d'une immense bataille aéronavale dans le golfe de Leyte. L'Empire saigne mais une attaque spéciale, *tokkotai*, a été un succès.

Je suis admis à l'école d'élite des chasseurs, le 30 octobre 1944, avec les meilleurs élèves du Yokaren. Je n'ai jamais éprouvé une si profonde joie. Mes camarades m'ont donné des accolades, m'ont félicité. Je suis fier, pour la première fois de ma vie. Fier et entouré de leur présence chaleureuse.

J'idéalise l'armée comme jamais et perçois les luttes mortelles comme le comble de l'achèvement esthétique. *Mourir en combattant, c'est la mort détruisant la mort.*

Mais au même moment, je suis saisi par la gravité de mes nouvelles responsabilités. L'armée américaine continue de proliférer sur les îles du Pacifique, progressant sur le territoire japonais.

L'altitude crée une pression qui écrase les organes, rend réceptif aux signes les plus inattendus. La respiration change dans le masque. Le pilote se réduit à ses yeux et ses bras. Le reste de son corps est immobilisé. Son champ de vision est également limité. Agir en mobilisant si peu son corps est une violence à la nature. Mais faire violence à la nature n'est pas contraire à nos habitudes. J'ai déjà connu des contraintes de cet ordre, mon éducation m'y a préparé.

J'ai appris à piloter en acceptant ces atrophies. Certaines extases sont obtenues après la souffrance.

Le moment où l'appareil ennemi apparaît dans le viseur et où l'on fait feu est l'un des meilleurs. La traque a porté ses fruits. L'adversaire devient une proie. La concentration à son maximum donne au geste une puissance solennelle, je deviens l'avion. L'excitation qui suit n'est comparable à rien de ce qui existe sur terre. La métamorphose en machine d'acier procure une jouissance criminelle.

Décollage par deux, formation serrée à quatre avions (en section), attaque groupée sur cible au sol. Je reçois une formation accélérée de pilote d'élite. Du moins, je bénéficie de l'instruction la plus exigeante mais demeure novice. J'aurais besoin d'au moins deux ans pour devenir un aviateur chevronné quand la guerre s'accélère. Le Japon est attaqué sur son territoire, la menace n'a jamais été aussi réelle, toutes les forces sont mobilisées non plus pour progresser au-delà de nos frontières mais pour sauver le pays. C'est le cœur de l'Empire qu'on cherche à anéantir.

Sans avoir terminé mon apprentissage, je suis intégré le 20 mars 1945 avec la plupart de mes camarades au groupe aérien de la marine impériale appelé le 343 *kōkūtai* de Matsuyama sur l'île de Shikoku sous le commandement de Yoshio Shiga, un immense pilote qui s'est illustré, entre autres, lors de l'attaque de Pearl Harbour.

Le 343e est nommé *Tsurugi butai* (*Force d'attaque Épée*). Je ne peux m'empêcher de songer au sabre du samouraï. L'épée sera mon totem.

Quelques jours plus tôt, dans la nuit du 9 au 10 mars, Tokyo a été bombardée au napalm. Les civils ont été calcinés, ébouillantés par l'eau des canaux. Les frappes américaines ont détruit un quart de la ville et 100 000 personnes ont trouvé la mort.

Ma famille vivant loin du centre, je prie, horrifié, qu'elle ait été épargnée.

Je dors de plus en plus mal, et très peu. Je rêve des gens hurlant dans le feu. Ce sont les visages, les corps de mes parents, de mon petit frère qui se tordent. Ma mère hurle, ses cheveux flamboient. Il est impossible de ne pas penser à mes compatriotes transformés en torches vivantes dans l'enfer d'une nuit. Et quand ce n'est pas ce cauchemar, je m'éveille en sursaut avec l'impression d'avoir sombré dans la mer. Je me vois enfermé dans un cercueil d'acier coulant à pic. J'étouffe et me relève d'un bond.

D'autres que moi s'agitent et crient dans leur sommeil. Le grand dortoir dans lequel nous sommes réunis est un théâtre d'angoisse et de terreur. Parfois, un garçon, toujours endormi, appelle sa mère.

J'apprends avec soulagement que mes proches n'ont pas été touchés.

J'ai parlé de ces dernières années sans m'attarder tant j'étais entièrement tendu vers le début de ma guerre. Le conflit avait commencé des années auparavant, mais il était pour moi un vaste bain dans lequel il n'était pas encore l'heure de se plonger. « Ma guerre » miroitait loin devant tel un mirage, chaque jour me rapprochait de la date attendue.

7

Nous sommes appelés à devenir des « fleurs de cerisier ».

Le *sakura*, fleur symbole du Japon. Elle s'épanouit au printemps et le souffle du vent suffit à l'emporter. Vivre telle une efflorescence printanière serait donc croître et disparaître au paroxysme de la jeunesse. Laissant dans l'air le souvenir de sa beauté éphémère.

Nous deviendrons des végétaux délicats, des corolles époustouflantes sous lesquelles les futurs mariés joignent leurs mains.

Le *Hagakure* rappelle que les samouraïs doivent posséder dans leur besace de la poudre de riz afin qu'en cas de trépas ils puissent veiller à avoir dans la mort le teint du cerisier en fleur.

Nous deviendrons l'image même de la fragilité qui vit le temps d'un soupir et meurt avec légèreté.

Nous changerons d'état, abandonnant la lourdeur de l'enveloppe humaine pour abriter en nous la sève végétale, pour nous remplir de leur couleur délicate et voler, voler jusqu'à la désintégration.

La fin ne m'effraie pas. J'irai vers elle les yeux ouverts non seulement parce qu'un grand pilote ne les ferme pas au moment d'entrer en collision pour ne pas rater sa cible – contrairement au novice qui perd le contrôle de son appareil par pur réflexe de peur – mais aussi parce que je voudrais voir la forme que prend la mort avant de l'embrasser. Sans doute devient-elle visible dans ces circonstances exceptionnelles. Ses contours ressemblent-ils à quelque chose que je connais ? J'imagine une silhouette étrange et familière à la fois, douée d'une force inquiétante telle une pieuvre, ou un fantôme.

Je songe aux fleurs de cerisiers déjà tombées pour notre cause. Les soldats qui ont réussi leur mission suicide et ceux qui ont échoué, fauchés par les répliques de l'ennemi avant d'avoir pu s'abattre sur les porte-avions. Pour ceux-là, j'ai de la tristesse mais leur conduite a été admirable. Leur famille sera éprouvée mais fière. Ces jeunes hommes ont respecté les commandements jusqu'au bout. J'ignore où ils se trouvent à présent mais on leur a dit que leur sacrifice ferait d'eux des dieux et que leurs âmes reposeraient dans la gloire pour l'éternité.

Les vents divins soufflent depuis le début du printemps. Je les ai vus partir dans leur *Ōka*, l'avion bombe guidé et largué par un bombardier. Seuls, enfermés dans leur torpille volante. Lâchés dans le bleu du ciel pour fracasser leur corps métallique dans le cœur de la flotte ennemie. Nul retour possible.

Au milieu du printemps, ces jeunes vies sont emportées dans le tourbillon de la guerre. Les fleurs de cerisiers furent ces garçons de vingt ans.

J'ai la gorge serrée.

Depuis le 6 avril, date de Kikusui I, mes larmes inondent chaque nuit mon oreiller.

8

Opération Kikusui IV – Chrysanthème flottant IV

Nous tenons bon sur Okinawa. En dépit de l'acharnement de nos ennemis, nos forces ne cèdent pas de terrain sur cette île.

L'amiral Ugaki commande de nouvelles vagues d'assaut. Depuis plusieurs semaines, j'ai vu des camarades se porter volontaires, résolus à donner leur vie pour leur pays, à moins qu'ils ne se soient simplement pliés aux ordres.

La puissance qui nous agresse est telle que l'armée ne peut plus s'en sortir par des actions régulières. Chacun comprend que la riposte doit être exceptionnelle. Chaque sacrifice est un pas vers la victoire. D'ores et déjà, je sais que ma prochaine mission sera une attaque spéciale et que je n'en reviendrai pas. Un pilote d'élite en devenir est avant tout un soldat de l'Empereur.

Et pourtant, le soir venu, quand je retrouve la solitude qui précède le sommeil, j'en viens à m'interroger sur l'efficacité de nos actions kamikazes. Dans mon for intérieur, je commence à douter de nos chances de l'emporter sur l'Amérique, puissance redoutable que nous avions sous-estimée et qui nous pousse sans cesse à reculer. C'est toujours une erreur de sous-évaluer un adversaire, tout pratiquant des arts martiaux sait cela.

Au milieu d'une de mes insomnies, je m'angoisse. Et si cette technique de guerre visait moins à sauver le Yamato qu'à traumatiser les Américains par nos suicides ? Les terroriser pour qu'ils commettent des erreurs tactiques dont nous pourrions tirer bénéfice. Ou simplement les marquer à vie par notre volonté de mourir.

Avant d'être emporté par les vagues des songes, défilent devant mes yeux des images du peuple préférant se donner la mort, les femmes se jetant des falaises, leur enfant dans les bras, les hommes luttant jusqu'au trépas, dans des combats désespérés, simplement armés de bâtons, les jeunes filles des familles nobles pratiquant le *jigai* en se tranchant la gorge. On nous a dit que chaque individu doit préférer le suicide au déshonneur du prisonnier. Si les Américains trouvaient le Japon désert en débarquant, nous aurions gagné. Ils arriveraient sur une terre de marécages, de marais, de séismes. Ils découvriraient qu'il est presque impossible de faire pousser quoi que ce soit sur ce sol ingrat.

Les Blancs comprendraient que ce pays n'est pas pour eux et préféreraient partir. Ils comprendraient combien nous avons été patients et inventifs pour faire prospérer cet archipel où a fleuri une civilisation complexe. Ils mettraient les voiles, découragés, renonçant à toute comparaison entre eux et nous.

Alors, peut-être, les saisons passant, le temps soufflerait-il sur les siècles et le Yamato renaîtrait-il de ses cendres.

Ces soirs-là, personne ne peut surveiller mes pensées défaitistes et je suis vaincu par la fatigue en pleines divagations. Je sombre.

Je sais qu'il est facile de mourir pour une bonne cause. Je sais aussi qu'un samouraï, confronté à une crise comportant autant de chances de vie que de mort, choisira la mort. Mais je ne suis pas un samouraï. J'ai conscience que je n'ai pas le choix. Je sais aussi que ma mère sera submergée de chagrin et que mon père souffrira plus qu'il n'osera l'avouer. Il va de soi que je partirai pour accomplir ma destinée. J'ignore si j'atteindrai ma cible. Je ne peux pas affirmer que ma propre destruction aura une incidence dans cette bataille. Je commence même à penser que mon sacrifice ne servira à rien. Je ne parviens pas à cesser de tourner toutes ces pensées dans ma tête. Se dire qu'à défaut d'être utile, on ne peut pas trahir sa promesse de militaire.

« L'heure approche, n'est-ce pas Kosugi ? »

Mon camarade de chambre opine du chef avec enthousiasme.

« *Haï !*

– As-tu écrit à ta famille ?

– Non ! Ce n'était pas nécessaire. »

Je devine que Kosugi n'a plus de parents, sans doute plus de famille. Et c'est sûrement pour cette raison qu'il errait tel un vagabond avant la guerre. Un peu honteux, je bredouille des excuses. Le jeune homme fait un geste qui signifie que tout ça n'a pas d'importance.

« Je t'entends pleurer la nuit, m'avoue-t-il.

– Ne répète ça à personne ! Et puis, ce ne sont que des cauchemars.

– Bien sûr. Je sais que tu n'es pas un lâche.

– Je suis heureux de partir le même jour que toi.

– Ah, enfin, tu te réjouis. Tu comprends que l'événement le plus important de nos vies approche. Je suis content de te voir revenu à des pensées saines.

– As-tu déjà été très heureux, Kosugi ? » lui demandé-je après un instant de silence.

Kosugi ne réfléchit pas très longtemps.

« Mes meilleurs souvenirs remontent à mon enfance, les après-midi où j'allais au lac près de chez nous. J'avais fabriqué une petite barque en bois de cryptomère qui flottait très bien et que je dirigeais avec un bâton. J'avais six ans. Mais aujourd'hui, je suis encore plus heureux.

– Encore plus heureux ?

– Oui, Kaneda, me dit-il, exalté, je suis plus heureux que jamais ! Après la mort de mon père, je ne mangeais pas à ma faim, je traînais dans la rue, je demandais l'aumône. Je n'avais pas de vêtement de rechange, mon habit était déchiré. Regarde-moi ! À présent, je porte l'uniforme de l'Empire et je suis pilote. Je suis plus honoré que n'importe qui de servir le Yamato.

– Tu es très jeune. Tu n'as pas vingt ans.

– C'est l'âge pour devenir un héros !

– N'es-tu pas curieux de connaître le Japon après la guerre ?

– Mais que racontes-tu ? Tu as peur ? Tu voudrais échapper à ton devoir ?

– Non ! Comme toi, je suis pressé de partir mais je ne peux m'empêcher d'imaginer la suite. L'après nous.

– Tu es bizarre, Kaneda. Je t'ai toujours trouvé différent. Pourquoi imaginer cela quand notre présent nous donne tant à vivre ? Quand l'histoire nous tend les bras ?

– C'est plus fort que moi. Contrairement à toi, je me souviens de beaucoup de moments joyeux, parfois récents. Il est possible que cela m'affaiblisse.

– Ah ! Un combattant ne peut pas être faible. Mais je ne trahirai pas tes paroles. Ressaisis-toi, Kaneda ! Prends-moi comme exemple », fait-il en bombant le torse, posant comme un général qui va être photographié.

L'ancien voyou joue au samouraï. Comme eux, il préfère la mort à la vie. Je ne peux m'empêcher de l'envier. Quand les décisions sont prises, on avance avec légèreté. Pourquoi ne suis-je pas capable de lui ressembler ?

Il ne me reste que deux jours à vivre. Les douleurs intestinales commencent. À l'époque de ma grand-mère, on appelait ça les « herbes de lâcheté ». Elles rendent incapable d'action. Elles poussent dans mon ventre et déclenchent des élancements. Surtout la nuit, au moment où je m'endors habituellement, l'angoisse croît, une main de fer m'attrape les tripes et les tord. Il est pénible d'aller si souvent aux latrines, on ne passe pas toujours inaperçu.

9

Mes parents ont dû recevoir à présent ma lettre accompagnée d'une mèche de mes cheveux. Je leur ai écrit ma fierté de servir dans l'armée, mon bonheur d'avoir piloté comme j'en avais longtemps rêvé. J'aimerais qu'ils soient fiers de moi, leur fils aîné. Je leur ai demandé de ne pas être tristes, d'être heureux de cette réussite comme je l'ai été jusqu'à la dernière minute. Je ne les laisse pas seuls, ils ont mon petit frère pour les accompagner dans leur vieillesse. Je leur ai écrit aussi que j'allais devenir un Kikusui, un *chrysanthème flottant* parmi d'autres chrysanthèmes flottants et que cette image frappe comme celle qui nous désigne tels des joyaux se brisant en mille éclats. Finalement, c'est la beauté qui l'emportera.

Isao, le courage c'est de savoir serrer les dents. Tu sais cela. Et pourtant, tu n'es pas le personnage que tu prétends être auprès de tes proches ou de ta famille. Tu trembles, tu crains pour ta misérable vie. Tu n'es pas le guerrier que tu rêvais d'être quand tu étais enfant. Que t'a-t-il manqué pour devenir l'intrépide samouraï qu'on attend de toi ? Tu cacheras jusqu'au bout tes peurs et tes hésitations derrière un masque impassible mais au-dedans tu n'es que tremblements, et tes boyaux révèlent ta lâcheté. Tu ne pourras pas dormir les deux prochaines nuits. Le repos te serait un réconfort, un moment de grâce, pourtant. Tu survoleras le sommeil comme tu survoleras la mer, avec le désir d'y plonger et que tout s'arrête. Car c'est le long spectacle de ta fin et non ta fin elle-même qui te torture, l'attente et non l'action.

Tu pourrais énumérer tout ce que tu ne découvriras pas. Voir vieillir tes parents, aimer une femme, te marier, concevoir et élever un enfant. Prendre de l'âge et honorer la mémoire de ton père et ta mère. Connaître le bonheur du quotidien, le travail studieux qui rend fier et permet de poser le riz trois fois par jour sur la table. Le retour du printemps et ses floraisons délicates, la chanson douce des saisons, la monotonie de la plénitude. Ta plus grande joie serait celle de voir grandir ton fils, de lui faire découvrir la nature, d'aller avec lui au bord des lacs, de vous installer dans une barque et voir sa petite main traîner dans l'eau, de l'entendre rire. Et l'emmener au restaurant, lui enseigner des choses minuscules, pourtant importantes, comme les manières à table, et d'autres, capitales, telles

les qualités qu'un homme doit faire siennes : la rigueur, l'obéissance, la propreté, la reconnaissance. S'entretenir avec lui de son quotidien à l'école, de ses camarades, de ses professeurs, de ses matières préférées. Et l'encourager au travail, avec tendresse et bienveillance. L'inscrire dans les meilleurs établissements et rougir de fierté de le voir obtenir ses diplômes, de le voir réussir bien mieux que soi, comme si l'enfant était d'une meilleure graine, d'une espèce plus vigoureuse. Quelle joie ce serait de découvrir un jour un jeune homme plus cultivé et plus épanoui que toi.

Et si l'enfant ne naît pas, le bonheur infime, silencieux, de la marche en montagne, d'une soirée, chez soi, à écouter le bruit de la pluie qui tombe sur le toit. Ou alors une promenade, dans un verger, sous les cerisiers en fleur. Des sorties entre amis où l'on s'enivre plus que prévu. L'absence de désir supplémentaire.

Je ne serai pas seul. J'aurai autour de moi mes camarades.

Le ciel est sans nuage, le temps inviterait aux balades, à la rêverie, à la lecture. Pourtant nous demeurons tendus.

J'ai appris qu'un pilote d'une attaque spéciale était revenu vivant. Son avion en manque de kérosène pour atteindre sa cible avait amerri près d'une île sur laquelle il avait survécu quelques jours sans eau ni nourriture. Puis il avait été trouvé par des autochtones. L'armée, prévenue, lui avait donné l'ordre de rejoindre sa base et de repartir sur-le-champ.

J'ai de la chance. Les opérations Kikusui qui nous précèdent ont toutes atteint leurs cibles. Notre capitaine est satisfait. C'est sans doute de bon augure.

10

Je suis levé depuis 3 heures du matin. On peut pressentir l'aube, alors même qu'il fait encore nuit. Le vent charrie une odeur de fleurs. Le jour qui va venir sera magnifique. La pensée, fugace, que je n'assisterai pas au coucher du soleil me serre le cœur.

Devant la vingtaine de moteurs qui vrombissaient sur la piste, conformément à l'usage, j'ai répété à haute voix ma mission. J'ai jeté un œil à Kosugi qui semblait calme, et même heureux. Il a senti mon regard et m'a fait un signe amical. J'ai noué le *hachimaki* et je n'ai plus éprouvé d'émotion.

En face de nous se dresse le mont Kaimon. Je fixe le volcan le plus longtemps possible. Sa forme rappelle celle du mont Fuji. Pendant plusieurs secondes, je m'absorbe dans la contemplation de ce monument de la nature qui finit par m'évoquer la mort.

Me voici aux commandes. Nous sommes partis en groupe et nous commençons à nous séparer. Il y a juste assez de fuel dans le réservoir pour atteindre la cible. Je dirige l'appareil comme un automate. Encore trente minutes de vol et je pique. Le souffle me manque. Je dois réapprendre à respirer.

L'avion, alourdi par les bombes, est difficile à manœuvrer. Au bout de quinze minutes, le moteur produit un son étrange, un voyant s'allume. Je manque de carburant. L'ennemi n'est même pas encore dans mon périmètre. Les pensées se bousculent. Faire machine arrière ? Impossible, je tomberais en panne bien avant d'arriver à la base. Si je continue dans la direction initiale, je m'abîmerai dans la mer. Je n'ai pas le choix, je dois atterrir sur le premier morceau de terre venu, et le plus rapidement possible.

Seul dans le ciel, ignoré de mes camarades, j'engage une descente. Dans l'état de panique où je me trouve, je n'ose même pas regarder sur la carte le nom de l'île la plus proche. Je sue à grandes eaux, mon cœur s'emballe. J'ai pris ma décision avec honte, il n'y a pas d'autre solution. J'avise une terre émergée de petite taille. Il n'est pas certain que je parvienne à atterrir sur la plage sans que l'avion explose. Il faut être un bon pilote. Un pilote exceptionnel. Je me répète cette phrase. Un leitmotiv destiné à chasser ma mauvaise conscience qui pourrait m'inciter à me suicider loin de ma cible pour ne pas perdre la face.

Finalement, j'incline les commandes dans la direction de l'île. Je dois diminuer la vitesse alors qu'en descendant l'avion est le jouet de violentes turbulences. Le sol monte de plus en plus. Vite redresser le manche, contrôler l'inclinaison. La terre est là, dangereusement proche. Mes mains crispées. Atterrissage incontrôlé. Le choc retourne l'avion. Je suis à l'envers, la tête en bas, je ferme les yeux. Je perds connaissance. Voici la mort qui me cueille.

Mon corps est resté attaché à l'intérieur de la carlingue. Je bouge les doigts, les jambes, la tête. Je suis vivant et je n'ai apparemment rien de cassé. Quel ahurissement. Suis-je tout de même blessé ? J'ouvre les yeux et attends. La douleur va bientôt s'élancer, je demeure attentif. Non, rien, à l'exception d'un terrible mal de crâne. D'un geste, je retire mon casque et parviens à ouvrir la porte du cockpit, m'extrais avec lenteur, chacun de mes mouvements pèse une tonne. Je tombe sur le sable.

Je n'ai que la force de faire trois pas. La plage est vide. Je m'allonge et m'endors aussitôt.

TROISIÈME PARTIE

1

Je me réveille au milieu de l'après-midi. Le soleil a commencé à me brûler la peau.

Devant moi l'avion retourné telle une tortue en détresse. Tout est silencieux alentour. Ici, la mer, là, une forêt.

Je me remémore les détails du vol avant l'atterrissage forcé. Je revis la panique, la honte remonte. Je vais devoir subir la culpabilité d'avoir échoué à ma mission. Ma première décision consiste à trouver le moyen de prévenir ma hiérarchie que je suis perdu sur cette île. On viendra me chercher. On me renverra en mission spéciale et je sais qu'on me blâmera pour cet échec.

Me levant avec un peu de difficulté, je rejoins le cockpit pour lancer un appel radio. Malheureusement, toutes mes tentatives demeurent infructueuses. La machine, hors service, n'émet aucun signal. Je ressors de la carlingue et décide de longer la plage à la recherche d'éventuels habitants.

La soif et la faim m'assaillent, en particulier la soif. J'ai retiré ma veste et avance, ébloui par le soleil, en sueur.

Si l'île n'est pas déserte, je trouverai bien un sentier menant de la plage aux habitations. J'arpente le rivage durant une heure sans voir âme qui vive. La forêt est dense, un véritable nid pour oiseaux bariolés, un havre de paix pour les animaux tropicaux. Je continue mon exploration jusqu'à un chemin qui serpente dans la végétation.

Au bout de vingt minutes, j'aperçois une cavité rocheuse et, miracle, une source d'eau douce. Après m'être jeté sur le ventre, je lape l'eau désaltérante pendant ce qui semble être une éternité. Je retire ma chemise, la rince, asperge mon corps perclus de courbatures.

D'après la position du soleil, il est autour de 18 heures, la nuit va tomber. Dois-je continuer à progresser dans la forêt ou est-ce plus prudent de rester sur la plage ? Mon instinct me guide vers le centre de l'île. J'accélère le pas avec appréhension. S'il y a un sentier, c'est que des hommes sont là, ou ont été là. Je dois garder espoir. La masse grouillante, verdoyante, m'absorbe, comme une plante carnivore avalerait un insecte.

La fatigue pèse. Mes jambes sont lourdes. Avancer dans cet entrelacs de lianes et de racines demande une attention exténuante. Toutes sortes de senteurs et de sons m'assaillent. Je m'accorde un peu de repos. Au-dessus de ma tête, des oiseaux au plumage roux volent de branche en branche en criant. Une agitation dans les arbres plus loin et ce sont deux macaques qui m'observent avec courroux avant de s'enfuir, me présentant un arrière-train aussi rouge que leur face. Au moment de reprendre la route, je reconnais une odeur. Un feu s'est-il déclenché quelque part ou des hommes sont-ils à l'origine d'un foyer ? Cette découverte me redonne du courage.

La forêt s'assombrit, j'imagine dans quelle noirceur je pourrais me retrouver si je devais passer la nuit ici. Croassements et couinements de créatures inconnues redoublent. Pour quelqu'un qui n'a connu que la ville ou la caserne, la jungle est un cauchemar. On sent combien l'être humain n'y a pas sa place, n'y est pas invité, lui qui dérange la faune et la flore. J'écarquille les yeux, à l'affût du moindre obstacle. Mais je manque me tordre la cheville et je n'ose m'imaginer boiter pendant la suite de mon périple. Quelque chose tombe sur mon épaule, glisse, et je sursaute avec dégoût en lâchant un cri. Je m'écarte, et touche du doigt l'endroit qui a été heurté. C'est un végétal, sans doute une liane, qui a rencontré mon épaule en chutant. Dans cette pénombre, les plus infimes incidents vous font craindre le pire.

Suis-je encore un soldat de l'Empire, moi qui tremble de peur au milieu d'une forêt inconnue ?

L'odeur du feu à nouveau. Je presse le pas. Et soudain, alors que je n'y croyais plus, des voix humaines.

Je m'approche lentement. Pourvu qu'ils ne me prennent pas pour un ennemi. Je ne suis pas armé.

Quand je suis à une dizaine de mètres de ce qui ressemble à un village, je m'exclame : « Je suis japonais ! Aidez-moi ! » Et soudain, c'est l'agitation, la panique. Je lève les bras, réitère : « Je suis japonais, aidez-moi ! » Le calme revient peu à peu.

Des hommes en haillons s'avancent vers moi avec prudence, je lis l'appréhension sur leurs visages. La tête courbée, je prononce le plus clairement possible : « Je suis japonais ! Soldat japonais ! Pardon de vous déranger. Je suis perdu. » Les mains jointes, le front ruisselant, je répète, prie pour qu'ils m'accueillent.

Un vieillard se poste devant moi et demande d'une voix forte :

« Qui es-tu ?

– Kaneda Isao, pilote du 343 *kōkūtai* de la Marine impériale.

– Que fais-tu ici ?

– Mon avion est tombé en panne avant que j'effectue ma mission. Je cherche à retourner à ma base. »

Mes mots ont l'air d'appartenir à une langue étrangère pour ces paysans. Ils se regardent entre eux, roulent des yeux consternés. Celui qui m'a parlé s'approche d'un homme plus jeune et lui marmonne quelque chose à l'oreille. D'autres villageois avancent vers le groupe, des jeunes gens manifestent une grande curiosité mais les vieillards marquent clairement leur autorité, ce sont eux qui prennent les décisions ici. Les femmes restent sur le palier de leur petite maison et nous observent avec gravité. Deux d'entre elles tiennent dans leurs bras un petit enfant presque nu.

Le groupe des hommes a longuement échangé et le ton a monté, les habitants du village n'étant apparemment pas du même avis. Me tenant à quelques mètres d'eux, je n'entends pas leurs messes basses. Je garde la tête baissée en signe d'humilité.

Le vieillard qui m'a interrogé revient vers moi et m'apostrophe brutalement :

« Est-ce que tu viens d'Okinawa ? »

Un peu interloqué par cette question, je réponds comme une flèche :

« Non, Monsieur ! Mon unité ne se trouve pas sur l'île d'Okinawa. »

Le vieil homme se retourne d'un bond devant la petite assemblée des sages et s'exclame : « Il ne vient pas d'Okinawa ! »

Cette information semble soulager le conclave. Certains répètent « Il ne vient pas d'Okinawa ! » à ceux qui n'avaient pas entendu et ces derniers réitèrent ces mots à leur tour pour être sûrs d'avoir bien saisi la phrase. Je n'ai pas dit que ma base était située à Kyushu par instinct, de peur que cette île déplaise à ces drôles d'individus.

Je suis à nouveau longuement observé, puis un homme d'une trentaine d'années m'apporte une gourde d'eau fabriquée dans une peau d'animal. Je remercie et engloutis la moitié du contenu.

À voir des manières si rustres, je comprends que pour eux, Okinawa représente le sommet de la civilisation. Pour moi comme pour tous ceux de Honshu, Okinawa n'est jamais qu'une île reculée aux mœurs ancestrales. Où suis-je donc tombé ? Je n'ose pas poser la question de peur d'éveiller davantage de méfiance.

Celui qui semble être le chef du village et ceux qui l'accompagnent continuent leur interrogatoire : comment suis-je arrivé sur l'île, en bateau ou en avion ? Quel est mon âge ? Est-ce que j'ai faim ? Je me contente de répondre.

Je suis emmené dans une de ces maisons faites de bambou et de terre où une petite vieille bossue s'agite devant un fourneau. Je m'assois en tailleur avec mes hôtes. On nous sert une soupe d'algues et des petits poissons frits. Aucun de nous ne dit un mot pendant le repas. Les bouillons sont engloutis avec de bruyants bruits de bouche et des soupirs de bien-être. Quand tout le monde a terminé son plat, le cacique tourne son regard vers moi.

« Mon nom est Ishikawa. Je veille sur ce village depuis quarante-sept ans. Les gens qui sont présents ici font partie du conseil du village. Nous avons été très étonnés de vous voir, peu de gens nous rendent visite. Cette île est longue de dix kilomètres. C'est un grain de sable dans l'océan. Nous sommes presque seuls au monde.

– Je vais avoir besoin de votre aide pour rejoindre ma base et repartir en mission. Je ne veux pas vous déranger plus longtemps, je dois accomplir la tâche qui m'a été confiée.

– Le problème est que nous n'avons que très peu de contacts avec le reste de l'archipel, dit Ishikawa. Et nous ne possédons pas de radio ou de téléphone. »

Cette parole est accueillie par des marmonnements d'approbation.

« Vous êtes bien jeune pour être envoyé en mission au feu ennemi.

– Nous avons tous l'âge requis.

– Ici, nous ne savons que peu de chose du conflit. »

Je ne suis pas certain que cette remarque signifie que je doive informer mes hôtes sur l'évolution de la guerre. Je préfère me taire.

Ishikawa continue après une pause :

« Je suis désolé pour vous, soldat, mais nos liens avec l'extérieur sont très rares. Un bateau venait deux fois par an faire commerce de riz en temps normal, mais depuis l'année dernière, il n'a débarqué qu'une fois. Ce qui réduit considérablement nos réserves de nourriture.

– Cela n'augure rien de bon », pensé-je à haute voix.

Un homme chauve se manifeste alors et me demande :

« Êtes-vous déjà allé à Okinawa ?

– Oui.

– Racontez-nous ! »

Tous sont devenus soudain immobiles, le plus jeune d'entre eux étire son cou dans ma direction et je crois lire l'avidité et la crainte mêlées dans ses yeux écarquillés.

« Récemment Okinawa a subi de grosses pertes. Les Américains ont mis toutes leurs forces dans une bataille acharnée. Nous combattons pour en reprendre le contrôle. »

La stupeur transparaît sur tous les visages. Dans un éclair de lucidité, je comprends que mes hôtes s'attendaient à entendre des histoires de mœurs ou des détails sur la mode décadente de l'île d'Okinawa, des rumeurs peut-être également. S'ensuivent des échanges frénétiques auxquels je ne participe pas.

Le plus jeune des villageois déclare avec beaucoup d'excitation :

« Nous avons vu et entendu beaucoup d'avions passer au-dessus de nos têtes. Nous reconnaissons ceux de notre mère patrie et ceux des ennemis mais nous ignorons la tournure que prend l'affrontement. Pourtant, il ne fait pas de doute que le Japon va l'emporter. »

Je hoche la tête avec conviction.

À la fin du repas, la vieille femme qui s'était affairée aux fourneaux revient avec une bouteille d'alcool et sert à tout le monde un peu de liqueur en commençant par Ishikawa. Chacun avale le spiritueux avec solennité. Ishikawa m'invite à reprendre un verre, et, moi qui ne bois jamais, je dois me plier à cette coutume en tant qu'invité.

Le deuxième verre me donne le tournis. Et ma mine doit être défaite car mon voisin me demande si je vais bien. J'affirme que tout est pour le mieux mais il est évident que je ne parviens pas à convaincre mon interlocuteur.

Ishikawa se lève et déclare qu'il est temps de me trouver un lieu pour me reposer. Il propose de me loger chez lui. Il y a dans sa maison une pièce libre où il disposera un tatami pour que je puisse m'allonger. Sa femme sera ravie de s'occuper de moi. C'est une bonne cuisinière. C'est important, dit-il, car lorsque la nourriture se fait rare, il faut que l'esprit remplace l'abondance par de l'habileté. Avec peu d'ingrédients, une cuisinière futée parvient à rendre mangeable n'importe quoi. Je ne serai pas déçu.

Encore sonné par l'alcool, je suis mon hôte jusqu'à une maison en bordure de village. Légèrement plus grande que les autres, cette demeure faite de terre et de bambou avec son toit de paille ne paie pas de mine, mais sa taille la désigne comme demeure du chef.

Sa femme, belle pour son âge, est venue nous accueillir et m'a installé avec beaucoup de gentillesse dans une pièce rapidement aménagée en chambre. L'épouse d'Ishikawa me souhaite bonne nuit de sa voix douce avant de s'éclipser. Je demeure un instant sidéré d'être ici, vivant, torturé par la pensée que je n'ai aucun moyen de prévenir ma hiérarchie. Je prends conscience de mon extrême solitude. Malheureux, je m'allonge sur le tatami tout habillé et sombre dans le sommeil.

2

À mon réveil, le soleil est déjà haut dans le ciel. Durant plusieurs secondes, je ne comprends pas où je me trouve, et lorsque tout me revient en mémoire, l'accident, l'atterrissage forcé, la rencontre avec les villageois, ce n'est pas le soulagement mais l'angoisse qui me saisit. Ma décision est prise, je dois impérativement retourner à la base. Autrement, je deviendrai un déserteur. Je dois trouver une solution.

La femme d'Ishikawa a préparé une soupe pour mon petit déjeuner. Son mari est parti depuis de nombreuses heures. Il a beaucoup à faire, précise-t-elle. Je ne connais toujours pas son nom et n'ose pas le lui demander. Je ne peux, en revanche, m'empêcher d'enquêter sur les moyens dont dispose la population pour communiquer avec le reste de l'archipel. « Avant, nous avions un téléphone pour tout le village, mais, depuis environ un an, il ne fonctionne plus du tout. C'est sans doute dû à la guerre », ajoute-t-elle avec indifférence.

Quels drôles de gens. Ils sont parfaitement heureux de vivre en vase clos. Ils ne s'intéressent presque pas au conflit sous prétexte qu'ils sont certains que l'Empire du Grand Japon ne peut pas perdre, que la victoire n'est qu'une question de temps. Durant des années, ils ont vu survoler des avions américains et japonais, ils ont probablement aperçu des navires de guerre quand ils se trouvaient sur le rivage, les échanges commerciaux avec les autres îles se sont raréfiés jusqu'à devenir inexistants. Ils vivent comme si les mœurs n'avaient pas changé depuis des siècles, leur existence se limite à survivre sur ces quelques kilomètres de terre sauvage en croyant que la modernité relative des autres insulaires est la manifestation de leur décadence.

Que puis-je faire pour accomplir ma mission ? Pour l'instant, rien. Qu'attendent les villageois de moi ? Je l'ignore totalement.

Je finis la soupe qu'on m'a servie – une mixture aux concombres de mer et aux pousses de bambou étonnamment bonne – et sors me promener.

Le village comporte une dizaine de maisons assez pauvres. La plupart des hommes sont des pêcheurs comme l'indiquent les alignements de poissons en train de sécher à l'entrée des habitations.

Des poules déambulent en liberté. Je croise un groupe de jeunes enfants accroupis, passionnés par un jeu de dés. L'un d'eux lève le nez et, lorsqu'il m'aperçoit, s'écrie : « C'est le pilote ! C'est le pilote ! » Alors tous les gamins, qui n'ont pas plus de cinq ans, se redressent et courent vers moi en me demandant si je suis un véritable samouraï des airs et si je peux leur apprendre comment conduire un avion. Une femme, alertée par le bruit, sort sur le perron et me demande si tout va bien. Ses traits sont magnifiques. Je tente de ne rien laisser paraître mais un trouble violent s'empare de moi.

« Oui, tout va bien, je viens de faire connaissance avec de futurs aviateurs. Je me nomme Isao Kaneda, je suis enchanté de vous connaître. »

Elle baisse les yeux en murmurant une formule de politesse, prononce autre chose que je n'entends pas, sans doute son nom. Et je n'ose pas la prier de répéter. Je demeure muet quand un des enfants l'interpelle en l'appelant maman.

« Bonne journée », me dit-elle en attrapant la main de son petit garçon qu'elle emmène dans la maison.

J'ai cru déceler un léger sourire sur son visage.

Je continue ma promenade. Derrière moi résonnent les éclats de voix des enfants qui se remettent à jouer. Je souris en marchant, charmé par le beau visage. Ému par le charme timide. Léger soudain, j'avance avec joie, respire avec bonheur. J'admire l'ingéniosité des habitants qui ont construit de simples maisons et qui vivent dans un dénuement heureux. Un peu plus loin, la forêt, épaisseur profonde, source de sérénité tenant l'humanité à distance, derrière les arbres, la mer et ses mille nourritures délicieuses. Quel paradis.

Durant plusieurs heures, j'oublie totalement ma mission. La liesse s'empare de moi. Après avoir observé les lieux, admiré le petit temple bouddhiste où fument des bâtons d'encens, je m'aventure dans la forêt, en prenant soin de choisir le chemin le mieux tracé pour rejoindre la mer. Je croise trois femmes âgées portant des cabas qui se penchent pour arracher des fougères et des pousses de bambou. Elles ne sont pas surprises de me voir et me rendent mon salut. Tout le monde dans le village sait qui je suis, même ceux qui ne m'ont pas encore aperçu. J'emprunte le passage utilisé la veille mais bifurque vers une autre voie et, au bout d'une demi-heure environ, je me trouve sur la plage.

Les premiers instants, je ne discerne rien. Rien d'humain, rien qui rappelle la guerre. Tout est calme. C'est alors qu'un bruit de moteur envahit le ciel. Après un certain temps, je discerne des points mouvants, des chasseurs se dirigeant vers le nord et dont la taille grossit rapidement. Je reconnais les Mustang. J'attends l'apparition des Mitsubishi. Mais seuls une vingtaine de bombardiers américains suivent les chasseurs dans un vacarme impossible. Le vrombissement a dû interrompre les villageois dans leur activité.

Au bout de quelques minutes, tout redevient silencieux.

Ces avions sont un sombre présage. Le Japon est en train de perdre la guerre.

Alors la culpabilité revient me torturer. Comment vivre quand tant d'autres camarades sont morts en allant au bout de leur mission et que je suis ici, seul et vivant ? Sans même considérer le Japon éternel et l'Empereur, comment continuer d'exister quand des hommes, des femmes et des enfants ont été massacrés par nos ennemis sous nos yeux ? Comment, si tel est mon destin, éviter de mettre fin à mes jours ?

Le monde devient opaque, le désespoir m'envahit. Pris de vertige, je m'effondre sur le sable.

La pensée du suicide me traverse, soulageant un instant ma douleur. Me tuer serait la solution la plus simple. Plus de honte, plus de déshonneur. Un coup décidé dans la région du cœur et adieu. Mon chagrin emporté. Personne ne saurait que j'ai échoué. Pour tout le monde, j'aurais exécuté les ordres.

Après m'être débattu avec des visions funestes, des fantasmes d'armes blanches introduites dans le creux de mon ventre selon le rituel ancestral, le sommeil m'emporte.

Lorsque je me réveille, j'ignore dans quel lieu je me trouve durant dix bonnes secondes. Un peu plus loin sur le rivage, deux barques de pêcheurs ont été hissées sur le sable. Les marins ont dû rentrer au village. Le vent s'est levé et des crêtes de mousse blanche sont apparues sur l'océan. L'azur est traversé par des oiseaux criards qui partent rejoindre la forêt. À une dizaine de mètres de moi, une tortue émerge de l'eau et gravit le sable mouillé avec un entêtement poussif.

Les idées sombres m'ont quitté. Je me lève et arpente la plage. Quand j'aperçois mon avion, brillant au loin sous le soleil, incongru comme un météore qui serait tombé là, j'oublie de vérifier à nouveau la radio. Je contourne l'appareil, continue mon chemin et, las, désœuvré mais apaisé, retourne au village.

Alors que je me dirige vers la maison d'Ishikawa, un homme sur le pas de sa porte m'interpelle et me fait signe d'entrer chez lui. Ses sourcils très marqués et son regard intense lui donnent une expression éloquente de masque de théâtre. Il n'en faut pas moins pour m'intriguer. Il se présente : Hayaki Takuboku, éleveur de poules. Cet homme fantasque tient absolument à m'inviter à boire sa soupe. J'accepte en le remerciant. Je n'ai même pas à me présenter puisqu'il m'appelle Isao-san, sait parfaitement qui je suis et me convie à m'installer sur un tatami.

« Tu dois te sentir loin de chez toi, Isao-san !

– Tout le monde souffre pendant la guerre.

– Allons ! Ne te laisse pas abattre. Remets-toi de tes émotions avec cette soupe. Qu'en penses-tu ? Elle est bonne, n'est-ce pas ?

– Excellente ! »

Il aspire son plat bruyamment.

Je jette un œil à la pièce. Hayaki Takuboku est un homme pauvre. On voit qu'il ne possède presque rien. Je lui demande en quoi consiste son métier. Il me répond qu'il doit nourrir sa basse-cour et veiller sur elle. Je reste un moment interdit. Ça ne doit pas être trop prenant, comme activité. Celui qui souhaite que je l'appelle Hayaki-san rayonne. Son air bienheureux, rendu plus expressif encore par ses sourcils en forme d'accents circonflexes, me fascine. Le voici maintenant qui masse sensuellement son ventre proéminent et lâche un rot de satisfaction.

« Raconte-moi ton histoire, Isao-san, dit-il dans un soupir en s'allongeant sur le côté.

– Je viens de la banlieue de Tokyo et j'ai vingt et un ans. J'espère que mes parents sont vivants ainsi que mon petit frère et ma grand-mère.

– As-tu toujours voulu être pilote ?

– Depuis que j'ai treize ans.

– Je suis certain que tu es le meilleur.

– Au contraire, non. Je ne suis pas à la hauteur. »

Mon hôte balaie ma remarque d'un geste de la main. Il a son opinion sur moi qui ne tolère pas la contradiction. Les yeux mi-clos, Hayaki Takuboku digère avec une volupté de chat.

« Avez-vous toujours vécu dans ce village ?

– J'y suis né et j'y mourrai, lâche l'éleveur de poules dans un soupir. Mon histoire est encore plus courte que la tienne malgré mon âge. Je n'ai jamais quitté ce lieu et je ne me suis jamais marié, je finirai parmi ma basse-cour.

– Je suis désolé.

– Mais pas du tout ! Je suis très heureux comme ça. Nous subvenons à nos besoins, ce village est sans grande discorde. Tout le monde y a sa place. Nous vivons comme nos ancêtres, loin de la fureur. »

Hayaki s'étend davantage, comme s'il allait dormir. Je me demande s'il n'a pas réellement sombré car sa respiration devient profonde. Je l'observe pendant de longues minutes en silence.

Je suis frappé par la conviction que Hayaki Takuboku vit le *satori*, stade ultime du bouddhisme zen. Cet état intérieur qu'on ne peut expliquer, qui résiste à la raison et à la logique, cette béatitude qui connecte à l'univers entier.

Je commence à penser que les gens sur cette île jouissent de la vie comme rarement et qu'aucun agenda ne les oblige.

Je n'ai jamais connu ça. Depuis mon plus jeune âge, on m'a imposé un emploi du temps serré et je n'ai jamais pu paresser. Enfant, adolescent, je devais étudier davantage que mes contemporains, quelqu'un contrôlait chaque minute de mon existence. Et ne parlons pas de l'école militaire et de l'armée qui tuent tout penchant pour l'indolence et toute tentative de méditation.

Me voici donc spectateur d'un homme endormi qui se met à ronfler bruyamment. Et je me demande quoi faire. Sortir sans bruit ou l'imiter, m'étendre, me laisser envahir par le sommeil ? S'allonger serait sans-gêne mais partir sans remercier ni dire au revoir aussi impoli. Figé par la perplexité, je demeure assis quand une poule entre dans la pièce, me scrute durant une seconde d'un œil sévère et parcourt l'espace, le cou tendu par saccades vers le sol. Le gallinacé picore sans vergogne quelques miettes, avance nerveusement puis s'arrête devant ce que j'imagine être de minuscules graines visibles de lui seul. Quand il a terminé, il s'en va et déambule dans le corridor. Je prends cette audace pour un signe et quitte furtivement la maison.

Le village entier dort. Si j'en juge d'après les habitudes de Hayaki Takuboku, les habitants font la sieste les après-midi. La chaleur est étouffante, c'est le plein été avant l'heure. Même les bêtes sont épuisées par la touffeur, comme ce chien couché devant l'entrée d'une habitation. L'humidité de la forêt rend l'air plus lourd à respirer. Je me surprends à marcher lentement, ça n'a jamais été mon habitude. Un peu plus loin vrombissent des insectes enivrés par la dépouille d'un rat. J'ai ouvert ma chemise et arpente le village jusqu'à la demeure de la jeune femme entraperçue plus tôt. Mon cœur bat la chamade.

Je suis appuyé à une barrière à quelques mètres de la maison. Des gouttes de sueur dévalent le long de mon dos, sur mon torse. Les yeux fermés, je me concentre sur la sensation de ma liquéfaction. Je m'amollis, somnole presque. Quand je soulève les paupières, j'aperçois, sur le pas de la porte, la jeune femme. Elle me sourit. Mon regard aimanté par son regard. Cet instant dure un laps magnifique et inestimable.

« C'est pour vous », dit-elle en me tendant un objet qu'elle sort du fourreau de sa manche.

J'avance vers elle, intimidé. C'est un éventail. Ouvert, il dévoile le dessin d'un poisson-chat peint en vert sur un fond blanc. Ses rebords en bois sont d'une couleur brune délicate. Je reste coi un long moment, admirant le présent sans comprendre.

« Merci infiniment, mais, n'est-ce pas un peu féminin ?

– Pas pour un guerrier », répond-elle sans une seconde d'hésitation.

Je reste interdit par cette déclaration puis je me souviens du passage du *Hagakure* qui rappelle au samouraï de maquiller son teint si la mort doit advenir. Ce qui semblerait aujourd'hui mièvre chez un homme n'était pas perçu comme tel par nos ancêtres.

La jeune femme me salue et rentre chez elle sans ajouter un mot.

Je rejoins en rêvassant Ishikawa et son épouse qui m'attendaient pour dîner.

Les jours suivant, je parcours l'île, en fais le tour, sans rien découvrir de notable.

L'éventail devient un objet chéri, touché, caressé, manipulé. Moi qui, sur cette île, n'ai rien à faire, aucune mission à achever, aucun devoir à remplir, aucun travail à accomplir, je peux consacrer les dernières heures de cette journée à me pencher sur ce cadeau incongru. Je m'éloigne des habitations, trouve un talus assez confortable pour y paresser. Ce présent n'aurait pas cette valeur si l'être qui me l'a donné ne m'avait pas tant ému.

Comme elle est étrange, ingénieuse et délicate, cette invention qui se déploie comme une queue de paon. En dehors même de son utilité, l'éventail fascine la main qui le manipule. Il paraît évident qu'il faut l'ouvrir lentement, libérant une par une les lames de camélia, ne serait-ce que pour faire durer le plaisir. Il n'y avait qu'une tige de bois lustré et soudain l'œuvre d'art s'est déployée, l'objet compact est devenu aérien comme une aile d'oiseau. Le miracle a eu lieu, l'image a été révélée – ici, un poisson –, la création peut servir, s'agiter, rafraîchir celui qui l'honore de son attention.

Y a-t-il sur l'éventail le parfum de la jeune femme dont je ne connais pas le nom ? Son essence a imbibé la chose si bien que le toucher devient une expérience sensuelle.

Sans doute vais-je être seul encore longtemps, perdu sur cette île. Je vais devoir faire face au néant, au temps distendu. Comment remplir cet ennui ? La jeune femme m'a donné un instrument qui convient parfaitement à l'oisiveté. Personne ne peut travailler et utiliser un éventail simultanément, c'est un ustensile pour les désœuvrés. Moi qui ne suis pas oisif de nature, je vais devoir apprendre à l'être.

Ouvrir l'éventail lentement, comme si chaque lame correspondait à une période. Le geste pourrait devenir rituel. Il suffirait de le recommencer de la même façon et c'est d'ailleurs ce à quoi je m'attelle. L'infini est là, dans ce mouvement éternellement reproduit, dans cette recette simple. Ici, je dois embrasser le vide, alors mes mouvements sont à la fois sans importance et soignés. L'éventail agité devant moi me libère d'une pesanteur pénible. Ma transpiration sèche peu à peu, je me détends.

Au réveil, je demeure de longues minutes à écouter les bruits des animaux et de la petite communauté qui vaque à ses occupations. J'entends les villageois qui sortent de leurs maisons et se saluent. Cet usage est nouveau pour moi : auparavant, à peine levé, j'étais dressé à commencer mes disciplines.

Le maïs est cultivé par plusieurs familles et partagé. La viande est un produit précieux. Outre les poules qui sont abattues de temps à autre – certains matins leurs cris horrifiés me réveillent en sursaut –, des jeunes gens partent chasser et reviennent parfois avec un singe. La vue du primate dont les bras bringuebalent mollement sur le dos d'un chasseur m'émeut. Quelque chose me retient de goûter cette viande.

Je découvre le plaisir de vivre chez Ishikawa. Le cacique dont l'humeur est aussi enjouée que rustique m'inspire du respect. Je lui propose mon aide dans la réparation des cabanes endommagées.

Moi qui pensais ne rester que quelques heures ou quelques jours sur ce grain de sable du Pacifique, me voici presque incapable de compter les nuits depuis mon arrivée. La question du retour à la base, irrésolue, est laissée en suspens. Plus le temps s'écoule, moins ce projet devient possible et moins je m'en préoccupe. On m'a adopté.

3

Elle s'appelle Izumi.

N'osant lui demander son prénom de façon naturelle, je suis parvenu à le découvrir en interrogeant Ishikawa. Mon hôte m'a appris qu'elle était mariée à un potier. Son fils, nommé Takashi, a quatre ans.

Je passe plusieurs fois par jour devant sa cabane avec l'espoir qu'elle me remarque et sorte sur le perron pour parler avec moi. Mon assiduité est souvent récompensée.

« J'utilise souvent l'éventail que vous m'avez donné.

– Il fait tellement chaud, étouffant, soupire Izumi. Irez-vous aux bains ce soir ?

– Avez-vous des bains dans ce village ?

– Non, bien sûr, pas de véritables bains publics. Mais quand il fait très chaud, les hommes puis les femmes se rendent à la source d'eau douce pour se rafraîchir. À un endroit, la profondeur est suffisante. Cela fait office de *sentō*, mais avec de l'eau froide. »

Je prends acte et décide de m'y rendre ce soir.

La jeune femme ne parle jamais de son époux mais adore raconter de quoi son Takashi est capable malgré son âge. Il parle très bien et invente quelques bons mots qu'Izumi me répète à l'envi en masquant son rire avec sa paume. Il m'arrive de me rendre prisonnier de son regard et je me demande si je respire dans ces moments-là.

Je m'éloigne avec l'image d'Izumi en tête. J'éprouve une émotion vertigineuse. Ne sachant que faire de cette félicité, je marche en souriant à mon bonheur.

Vers 19 heures, après le dîner, un groupe d'hommes se réunit au centre du village avec des serviettes et des morceaux de savon. Je me joins à eux après qu'Ishikawa m'a prêté un *yukata* et un carré de savon découpé dans le sien.

Nous partons dans la forêt à cet instant où la lumière du jour décline. La conversation est engagée sur des sujets du quotidien, les récoltes, la pêche, un toit à réparer. Je suis le groupe qui circule en file indienne.

Arrivés à la source, chacun se déshabille et s'accroupit pour se savonner. J'imite les gestes en silence. Ishikawa m'explique que le bain se trouve plus en amont mais que l'usage veut qu'on s'y plonge totalement propre, alors ils devront reprendre la route jusqu'à l'endroit où la source se répand dans une cuvette bien large.

J'éprouve déjà le bienfait de ce nettoyage. Ma peau, lavée, est recouverte d'une délicieuse odeur qui me rend presque nostalgique. J'allais au *sentō* avec ma mère dans ma toute petite enfance et j'adorais ça. Non que je me sois réjoui de voir les femmes nues qui étaient souvent assez intimidantes pour un jeune garçon – la crudité de la nudité –, mais le bain chaud a toujours eu sur moi cet effet à la fois exaltant et calmant. Je vivais une saison enchantée.

Après nous être mutuellement rincé le dos à l'aide de seaux, nous saisissons nos vêtements et partons vers le bain. C'est une marche de seulement quelques minutes qui nous emmène dans un lieu que je ne connaissais pas. Un trou de verdure ruisselant de lumière. Un large bassin de pierre rempli d'eau fraîche nous attend. Après avoir souffert de la chaleur, cette eau délicieuse va nous réconcilier avec l'univers. De fait, elle est froide et à peine y ai-je introduit un pied qu'un frisson me parcourt. Les six ou sept personnes qui se trouvent avec moi entrent sans hésitation dans l'eau translucide. Ce ne sont alors que soupirs de bien-être et clapotis.

L'onde froide m'a sorti de la torpeur et c'est avec une lucidité nouvelle que j'observe le monde autour de moi. La plupart des hommes ont sombré dans un demi-sommeil, détendus par la fraîcheur de l'eau. Les corps sont abandonnés, les respirations deviennent plus profondes. Le crépuscule nous recouvre d'ombre, nous rend proches. Je me sens appartenir au groupe, me fondre dans cette mini-société. Immergé dans cette parenthèse de perfection, je flotte dans le paysage. J'appartiens à cette nature, à la source de toute vie, au cosmos. Je ne suis qu'une partie, la plus insignifiante, de ce grand tout. Quelle plénitude.

Le temps s'est arrêté. J'ignore depuis quand nous sommes là. La nuit est tombée. Chacun sort du bain, à son rythme. Le moment de se sécher est un enchantement de plus. Le corps apaisé frémit à l'air libre, le *yukata* est alors le bienvenu.

Quand j'étais enfant, les bains publics étaient chauds, comme c'est toujours le cas dans les *sentō*. On pouvait en sortir avec la sensation de s'évanouir tant la température était élevée. Ici, ces bains naturels sont encore meilleurs, ils calment les corps accablés de chaleur et ne risquent pas d'affaiblir les organes internes.

Ce soir, je vais dormir comme jamais. Je vais m'allonger sur le tatami d'Ishikawa et tomber dans les abysses les plus sombres.

4

Un jour, je ne sais pas lequel puisque j'ai vécu sans date, sans référence au calendrier, pendant un long moment, il y a eu plusieurs grondements dans le ciel et des bruits d'explosions.

Les villageois n'ont pas été plus troublés que d'habitude.

Les jours suivants, le calme est revenu.

Le meilleur de mes journées se passe à discuter avec Izumi. Elle accepte parfois de se promener avec moi, quand son fils fait la sieste et que son mari façonne des pots en argile. Elle me parle de sa vie dont la durée n'a dépassé la mienne que de deux ans. Fille de paysans, elle s'est mariée à l'âge de dix-sept ans avec le premier homme qui lui a plu et que ses parents trouvaient sérieux. Son époux était potier de sorte qu'elle changeait de milieu, et cela ne lui déplaisait pas, même si les artisans sont moins bien considérés que les paysans sur l'île. Elle est tellement heureuse de son petit garçon. Depuis sa naissance, sa belle-famille se montre bienveillante. Ils lui sont reconnaissants de leur avoir donné un héritier.

Je garde constamment sur moi l'éventail qu'elle m'a offert. Je lui parle de mes années d'études et de l'armée. Je lui révèle la raison de mon arrivée chez eux : une mission spéciale interrompue par un manque de fuel. Elle hoche la tête et son expression devient dramatique. Elle prononce le mot « kamikaze » et me regarde avec terreur. Oui, je suis un kamikaze. Mais au moment où ce mot sort de ma bouche, je le perçois comme étranger. Me suis-je décrit ainsi ? Le terme me révulse.

Je ne parviens pas à savoir si j'inspire à Izumi de la pitié ou de la crainte. Depuis que je me suis dévoilé, j'ai l'impression qu'elle me regarde autrement. Il y a un monde entre le pilote qu'elle a rencontré il y a plusieurs semaines et le kamikaze raté qui se tient aujourd'hui devant elle. Du moins, c'est la sensation qui m'étreint maintenant. La honte m'envahit. Une honte vague, qui pourrait être celle causée par mon échec mais qui pourrait tout aussi bien être plus ancienne. L'impression de ma médiocrité, laque sombre sur laquelle je reconnais mon reflet.

Nous voulions être des soldats, non des martyrs. Izumi m'écoute mais s'éloigne de moi.

Au bout d'un certain temps, épuisé par mon oisiveté – Ishikawa n'a plus besoin de moi pour réparer les cabanes –, je propose mon aide aux pêcheurs du village.

L'un d'eux accepte de me prendre sur son bateau comme main-d'œuvre. Le travail, très physique puisqu'il faut tirer des filets lourds de poissons, me plaît. Mes muscles endormis se réveillent. Une bienheureuse fatigue m'envahit ensuite.

Mais alors que je commence à découvrir cette passionnante profession, Ishikawa s'interpose.

Me voyant porter des seaux de poissons fraîchement pêchés, il me tire par le bras en marmonnant.

« Ne t'occupe pas de ça ! J'ai des choses plus importantes à te confier. »

Et il me guide dans sa maison.

Je le suis dans une petite pièce sombre et le vois s'affairer dans un coin d'où il extrait des livres.

« Je possède plusieurs ouvrages de poésie ancienne. Ce sont des textes que personne n'a pu lire avec profondeur ici. Toi qui es soldat, tu es le seul parmi nous capable de les déchiffrer. »

Je prends les volumes qu'il me tend, y jette un œil. Des poèmes du XVIIIe et du XIXe siècle. Des textes rares d'auteurs prestigieux.

Je ne m'étonne pas longtemps du cadeau d'Ishikawa. Avant l'ère Meiji, le système hiérarchique plaçait les guerriers au sommet des classes sociales.

Eux seuls étaient lettrés. Ils dominaient la société physiquement, socialement, intellectuellement.

Le système *shi-no-ko-sho* donnait donc le plus grand rôle aux *bushi* (guerriers), ensuite venaient les paysans (comme la famille d'Izumi), puis les artisans et en dernier lieu les marchands.

Ishikawa et sans doute le reste des habitants de l'île, grâce à l'isolement, continuent de vivre comme au XVIIIe siècle. Des échanges commerciaux avec l'archipel n'ont concerné que la nourriture et n'ont pas bouleversé les mœurs ou les façons de penser. La toute petite île n'a guère évolué.

Bien que conscients du conflit mondial, les villageois n'ont pas quitté l'époque d'Edo.

Pour un citadin tel que moi, la surprise est de taille.

Je repars avec les ouvrages sous le bras, m'installe pour une longue et exigeante lecture.

Certains livres, pourtant anciens, ne semblent pas avoir été ouverts, le papier manipulé émet un craquement sympathique. Des haïkus du poète Kyoshi Takahama, des œuvres de Masaoka Shiki et d'autres du grand auteur bouddhiste Kenji Miyazawa. Je me plonge dans les contes de ce dernier qui a aussi produit des romans et des nouvelles. J'apprécie sa mystique, sa générosité s'étendant, au-delà de l'univers des hommes, à la faune et la flore à qui il donne la parole.

J'avais étudié quelques textes de cet auteur avec mon précepteur, en particulier *Coulée de lave* et

Train de nuit dans la Voie lactée, récit d'un voyage mystérieux parmi les étoiles. Relire cette histoire m'émeut presque aux larmes.

Au bout d'une heure environ, Ishikawa vient me retrouver et me demande ce que je pense des livres. Je le remercie de m'avoir confié de si belles œuvres. Ma réponse le ravit, il n'a jamais eu l'air si heureux. Son sourire découvre des dents manquantes.

Il insiste pour que je continue de lire et souhaiterait que je lui fasse la lecture un jour. J'accepte.

Ishikawa ajoute qu'il aime entendre des vers avant de sombrer dans le sommeil car alors, précise-t-il, on accueille les images du poète dans ses rêves et les songes s'embellissent.

Je comprends que mon travail sera de prêter ma voix aux mots des grands auteurs lors de veillées.

Je prends ma fonction à cœur et prépare ma première séance en sélectionnant des extraits et en les lisant à haute voix, seul. L'exercice m'évoque mes années d'études, la nostalgie m'envahit progressivement. Replonger dans la grande littérature m'émeut, touche la corde sensible que j'ai dissimulée en entrant dans l'armée. Avec Miyazawa, je rêve de magie ancestrale. Et je compte bien donner un billet pour ce voyage hors du temps à mon auditeur. « Ne faut-il pas faire de nos champs, de toute notre vie, une immense œuvre d'art à quatre dimensions ? » a-t-il écrit. Cette image pourrait parler à n'importe quel villageois.

Il est possible que je devienne le lecteur officiel du grand personnage de l'île. Un statut dont je pourrais me vanter.

Après le dîner, Ishikawa se lève et sort de sa maison. Mme Ishikawa et moi entendons qu'il frappe dans ses mains et tonne à l'adresse des villageois. « Vous êtes tous conviés à venir écouter des histoires chez moi ce soir. » Voici ce qu'il crie à plusieurs reprises dans le village. Puis il rentre, surexcité, en nage. Je reste muet de surprise, n'imaginant pas que mon auditoire serait si nombreux. Les premiers curieux approchent. C'est dire si un tel événement est une première dans leur vie. Moi-même je suis estomaqué par l'idée du vieil homme. Il n'est pas dans nos habitudes de faire des lectures publiques. Ishikawa est-il légèrement dément ?

Arrivent paysans, pêcheurs et artisans. Bouches entrouvertes, expressions stupéfaites. Intimidés, soudain un peu gauches. Ces gaillards n'entrent pas un par un mais ensemble, en un seul bloc. L'appréhension les rend grégaires.

Ishikawa leur propose de prendre place en cercle sur le tatami. Il m'invite ensuite à m'installer avec les livres, au centre.

Les marmonnements de sidération cessent soudain. Chacun retient son souffle. La tension est à son comble.

Me tenant debout, sans trembler, je commence ma lecture, ma voix devient profonde.

Un premier haïku de Kyoshi Takahama est suivi d'un deuxième, puis un troisième.

En cette fin d'été, nous survolons toutes les saisons avec les mots du poète. L'assemblée n'aurait pas été aussi médusée devant un numéro exécuté par un animal inconnu.

Ces hommes, tous vêtus de vêtements grossièrement rafistolés, dont le quotidien est à mille lieues d'une éducation littéraire, ces gaillards musculeux, endurants, se montrent étonnamment intimidés. Les plus forts caractères ont comme fondu en écoutant des vers pour la première fois. Je crois voir une classe d'enfants impressionnés, mal à l'aise.

Quand je m'arrête, personne n'ose parler ni bouger. Seul Ishikawa me remercie avec insistance. Chacun s'apprête à partir. Il y a même de l'empressement dans leurs gestes.

Ishikawa me prend à part. « Ils n'avaient jamais entendu de poésie auparavant, dit-il. C'est un cataclysme dans leur existence. »

5

Alors que je commence à croire que je vis sur une île idyllique, un acte terrible m'éveille de cette douce torpeur.

Le jour suivant ma lecture, le village doit faire face à un forfait d'une rare gravité. Un homme est accusé d'avoir volé les récoltes de patates douces. On a retrouvé les convolvulacées dérobées dans son cabanon. Tout le village s'est réuni autour d'Ishikawa qui a décidé que justice devait être faite. La sentence semble aller de soi.

Ces braves gens si effacés la veille se sont métamorphosés en chiens de garde furieux autour de leur maître. Certains sont arrivés avec leur fourche et leur pelle. J'ai entendu des rugissements et puis la meute s'est précipitée vers la maison du voleur.

Ne me mêlant pas au groupe, je n'ai su ce qui s'était passé ensuite que le soir par la bouche d'Ishikawa : le voleur et sa famille ont été enterrés vivants.

Le chef du village affirme que cette mort atroce est un châtiment qui a déjà eu cours sur l'île. C'est ainsi que les crimes et délits graves sont jugés. La sanction étant pratiquée depuis la nuit des temps, personne ne la remet en cause.

La nuit qui a suivi ce drame, je n'ai pas pu fermer l'œil. Je voyais ces gens terrorisés, jetés dans un trou, se débattant, criant en vain. La terre les recouvrait inexorablement, entrait dans leur bouche, leurs narines, leurs yeux. Chacune de leurs inspirations les étouffait de cette matière solide. La mise à mort la plus inhumaine avait eu lieu au sein de cette communauté paisible.

Les jours suivants, je me sens abattu. Des pensées sombres m'accablent. Comme un enfant qui cherche à comprendre, j'interroge Ishikawa.

« Pourquoi une telle condamnation ?

– Ils avaient volé des pommes de terre, nous leur avons réservé le même sort qu'aux pommes de terre.

– Mais pourquoi réserver aux enfants le même sort ?

– S'ils avaient été épargnés, ils nous en auraient voulu et l'atmosphère de notre île aurait été viciée. C'est pour le bien du village qu'il en a été ainsi. »

Je demeure un instant abasourdi. Soudain, la crainte qu'Izumi ait participé au massacre me glace.

« Est-ce que tout le village a pris part à la sanction ?

– Tout le monde, sans exception !

– Y compris les femmes ?

– Bien sûr ! Femmes et hommes. »

Coup au cœur. Une tristesse infinie m'accable.

Comment une femme si délicieuse, si différente, qu'Izumi a-t-elle pu se comporter de cette manière barbare ? Me suis-je trompé sur elle ? Il est possible qu'entraînée par le groupe elle n'ait pas eu la possibilité de se rebeller.

Quand l'autorité exige de vous ce qui vous répugne, il va de soi qu'on obéit. C'est d'ailleurs ce que j'ai fait en rejoignant l'armée, je n'ai jamais remis en question la cruauté de nos formateurs. Qu'ils nous battent ou nous enferment dans des cachots quand nous exécutions mal les exercices n'a jamais éveillé chez moi la moindre résistance. Habitué à ne jamais contester la violence de la hiérarchie, j'ai accepté des règles terribles, il suffisait qu'elles soient des règles. Je suis donc mal placé pour juger Izumi.

Moi qui idéalisais ces gens pour leur façon de vivre en tout point comparable au Japon ancestral, je prends soudain conscience de leur sauvagerie. Je me croyais arrivé dans une contrée paradisiaque et je découvre les lois inhumaines créées par ce peuple qui crevait de faim.

Je suis soudain frappé par un point commun entre ces insulaires et l'armée à laquelle j'appartenais : une dureté inflexible allant jusqu'à la férocité.

Après un long moment de stupéfaction, mon effroi se transforme en admiration pour la civilisation qui a remplacé cette société primitive. Car un modèle complexe et codifié a pris le relais de cette barbarie pour donner naissance à l'Empire du Grand Japon dont je me suis voulu le défenseur en m'engageant comme soldat. Nos principes sophistiqués construits sur notre héritage ont été un barrage contre ces micro-sociétés archaïques du Pacifique. L'Empire nous a fait oublier les premiers temps des Japonais. Quel autre peuple peut se prévaloir d'une telle évolution ?

Ces pensées m'inspirent un flot d'amour pour la patrie. Soudain le militaire en moi s'éveille. Mais c'est la frustration et la honte qui concluent cette extase. Je ne suis plus un pilote de l'armée impériale.

Et nous avons perdu la guerre.

6

Nous avons perdu la guerre.

Je le sais depuis longtemps. Je n'en ai jamais parlé à personne mais tout me porte à croire que nous sommes les vaincus de ce conflit acharné.

Durant l'automne, les échanges avec les autres îles ont repris. Sous couvert de commerce de riz, on partage des informations.

J'ai rencontré un de ces marchands et quand je lui ai demandé des nouvelles du pays, il m'a parlé d'événements tellement monstrueux que je n'ai pas osé en informer les villageois.

J'ai pensé que ce petit vendeur avait inventé des histoires pour se donner de l'importance. Il parlait d'une bombe en contenant mille et rasant tout sur son passage. D'un cataclysme inimaginable. Il prétendait que des gens qui se croyaient épargnés sont tombés malades un peu plus tard et ont rendu l'âme alors même qu'ils n'avaient pas été touchés par l'explosion. Je n'en ai pas cru un mot. Nous avons assez de douleurs avec la défaite, inutile d'ajouter des horreurs fantasques.

L'Empereur a capitulé. Il paraît qu'on a entendu sa voix à la radio. Le descendant du soleil en personne en a été réduit à s'exprimer publiquement. Le déshonneur est éclatant. J'imagine mes parents pétrifiés devant leur poste. Eux comme les autres vont connaître un bouleversement inédit, la fin de l'Empire du Grand Japon. Il est certain qu'une personne comme moi n'aura pas sa place dans ce nouveau monde. Nous sommes du monde d'avant, nous les kamikazes.

Je garde pour moi la nouvelle de la capitulation et les inventions sordides sur Hiroshima et Nagasaki dont je connaissais à peine l'existence. Je ne veux pas perturber mes hôtes.

Après le châtiment du voleur et de sa famille, la vie sur l'île est devenue aussi routinière et agréable qu'auparavant. On aurait juré qu'il ne s'était rien passé.

L'arrivée de l'hiver suscite l'appréhension. Si les récoltes sont trop maigres, on redoute la famine. Chacun travaille d'arrache-pied. Aucun trésor n'est mieux surveillé que les garde-manger. Des femmes sont continuellement occupées à moudre du grain.

À voir les visages crispés, je devine combien certaines années ont été rudes.

Je me promène avec mon grand secret pour épargner aux autres la tristesse des peuples vaincus. Ils sauront suffisamment tôt, de toute façon.

Je revois Izumi et me garde bien de l'interroger sur son implication dans l'exécution de la famille du voleur. Je me persuade que je vis dans une époque révolue. Notre relation est à présent parfaitement amicale. Je n'ai plus de désir pour elle. J'approche un peu chaque jour du *satori*.

7

Quand il a commencé à faire froid, je me suis rendu un matin avec Ishikawa et les autres hommes du village dans un coin reculé de l'île dont j'ignorais tout. Alors que je vis sur ce territoire depuis plusieurs mois, personne ne m'avait emmené voir la cascade. Ishikawa m'explique qu'à l'arrivée de l'hiver, les hommes ont la coutume de s'abluer dans les chutes d'eau glaciale. Lui-même a pris cette habitude dès ses treize ans. Il partait avec son père au début de chaque hiver et bravait le froid de l'eau avec courage. Sans doute était-ce le signe qu'il était devenu un homme.

Cette épreuve s'inscrit dans une démarche méditative *Shingon*. L'eau glacée que le corps endure permet une purification symbolique et spirituelle. Je considère comme un privilège d'être invité à ce rituel.

Arrivés à la cascade, les hommes se déshabillent et se dirigent, en pagne, vers les chutes d'eau. Je les imite en tentant de dissimuler mon appréhension. Un air frais me caresse la peau. Ishikawa me fait signe. C'est ici qu'il faut passer, il y a un sens à respecter.

Je me retrouve sous des seaux d'eau jetés avec violence. Outre la pression sur la tête, la température est difficile à endurer. Mon corps se crispe, se contracte pour conserver sa chaleur, le froid me traverse les os. Ce réflexe musculaire rend l'expérience plus difficile encore. Je combats une envie de m'enfuir. Je sais bien que si je reste tendu, je ne pourrai pas connaître la méditation. Apprendre à relâcher, à contraindre son corps. Devenir le maître de sa chair et accéder à un état supérieur, à une communion avec le cosmos.

Alors peu à peu, un changement s'opère. Aligné avec les autres hommes, immobile depuis un temps que je ne peux mesurer, les yeux fermés, je cesse de penser et respire de plus en plus calmement. Mon corps accepte. Il n'est plus là comme une enveloppe me limitant. Je l'oublie. Je monte quelque part, je me sens flotter.

Quand je rouvre les paupières, le paysage m'apparaît plus intense. Chaque couleur dans les arbres, les détails des rochers alentour, les nuances du ciel me frappent comme si je venais de recouvrer la vue. La nature s'est densifiée, son immensité a pris place en moi. Je m'allège. Je deviens une goutte d'eau dans l'univers, une feuille emportée par le vent, un esprit invisible.

Ce voyage poétique dure un moment infini. Quand je tourne le regard vers mes camarades, je ne distingue que des silhouettes incolores.

pca
cmb
édition pré-presse
livres numériques

44400 Rezé

Imprimé par Black Print
en avril 2021

Imprimé en Espagne